Fred

Tom

Lola

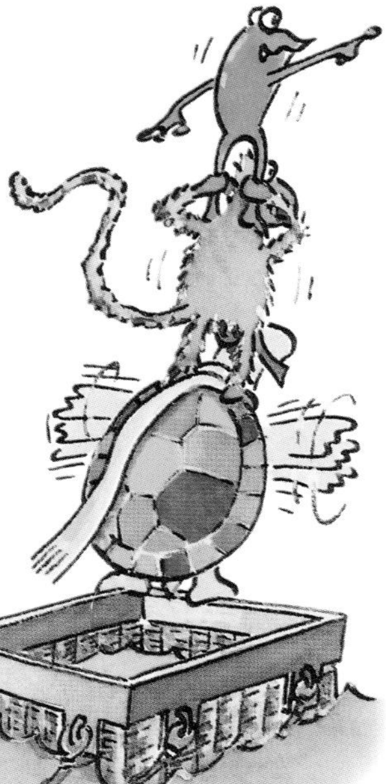

Heuer

Lola &Fred &Tom

4N Publishing

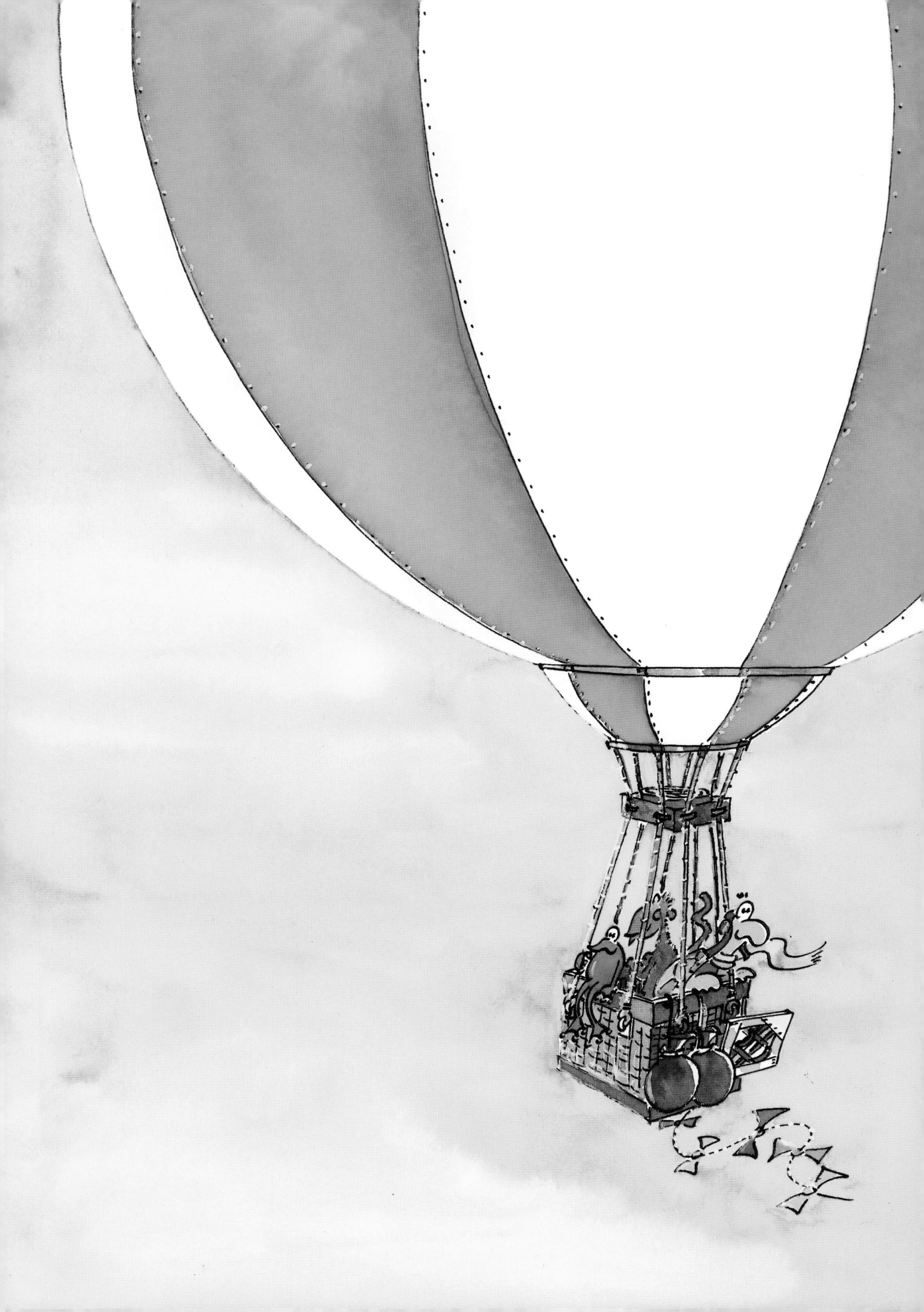

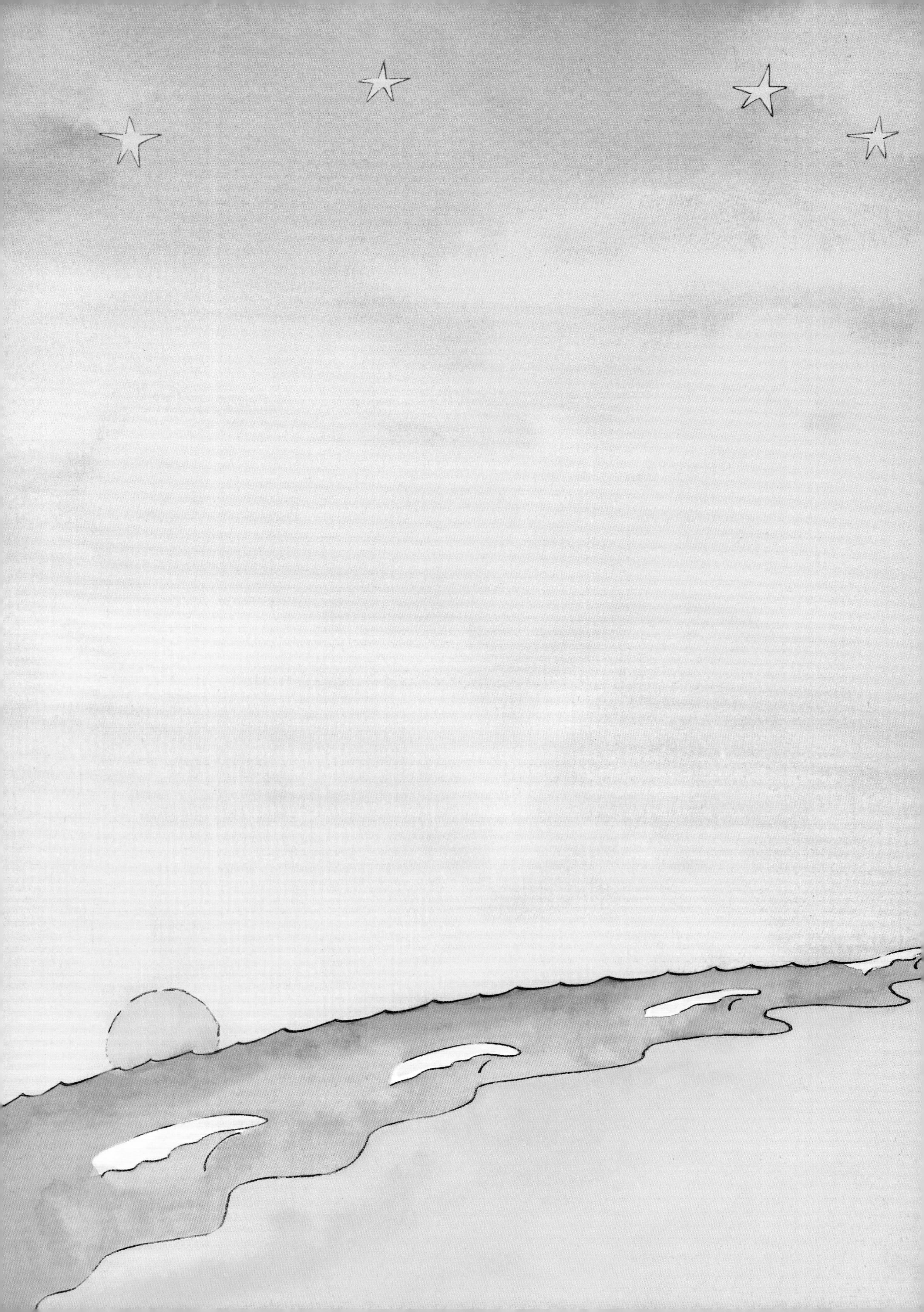

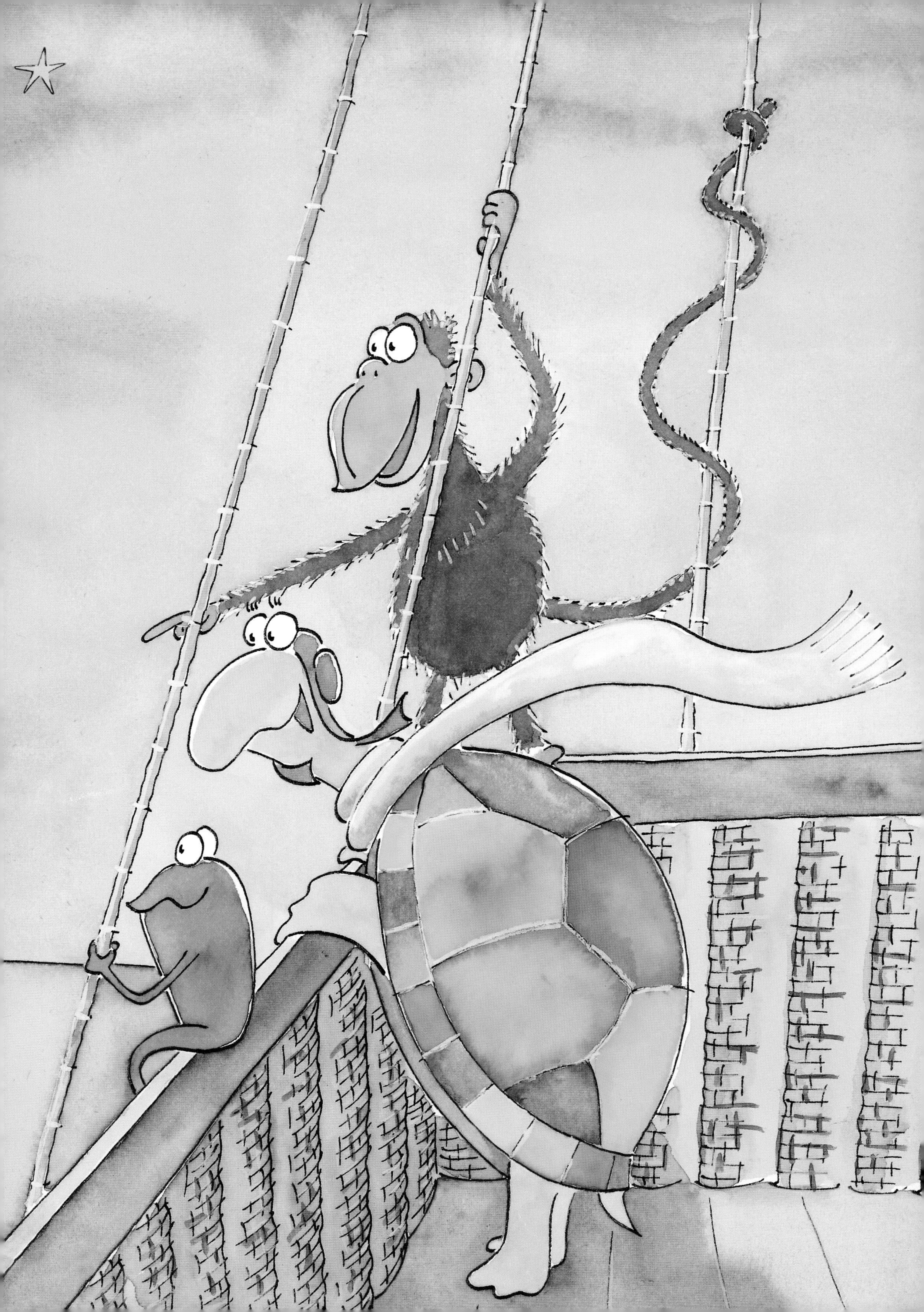

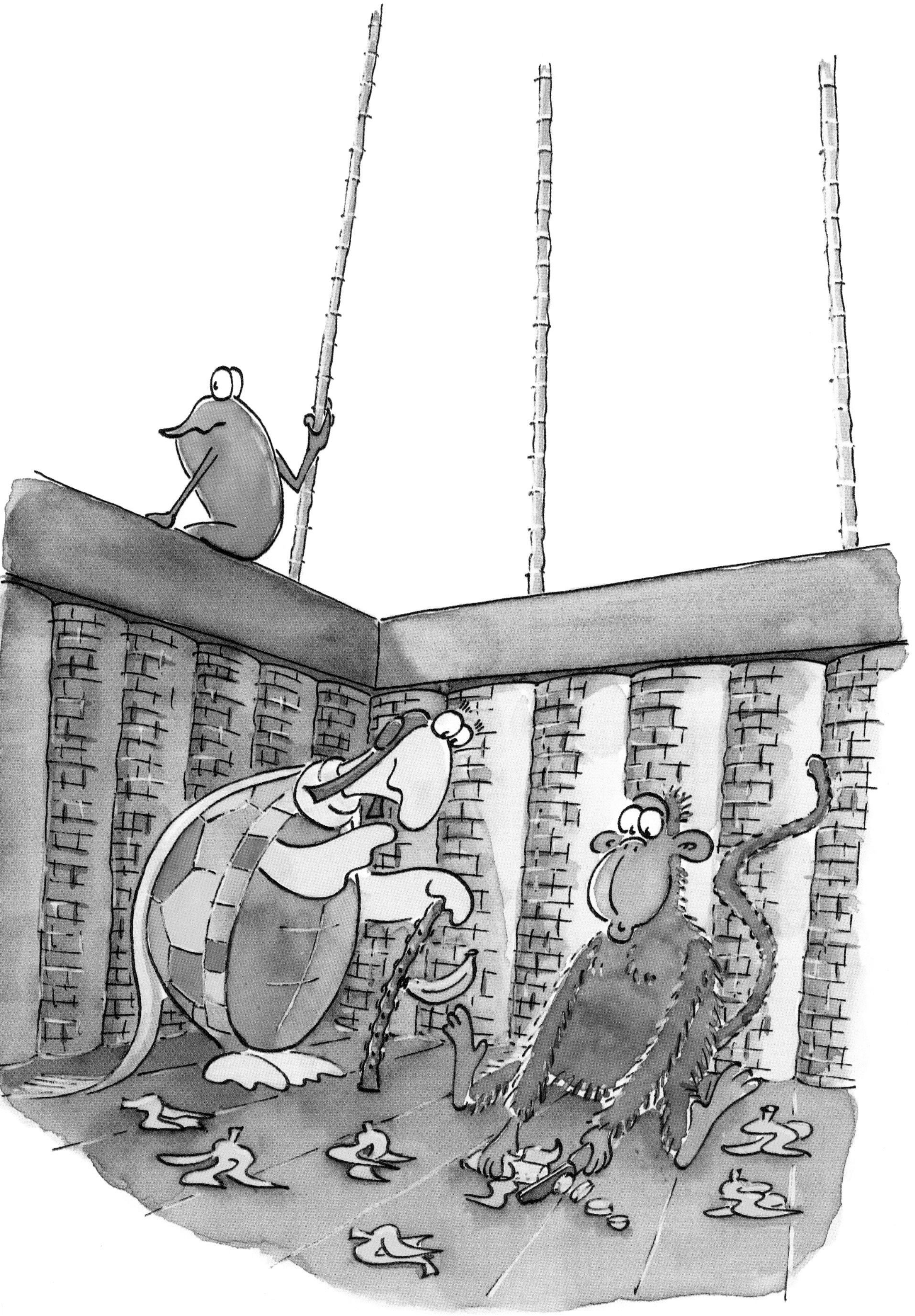

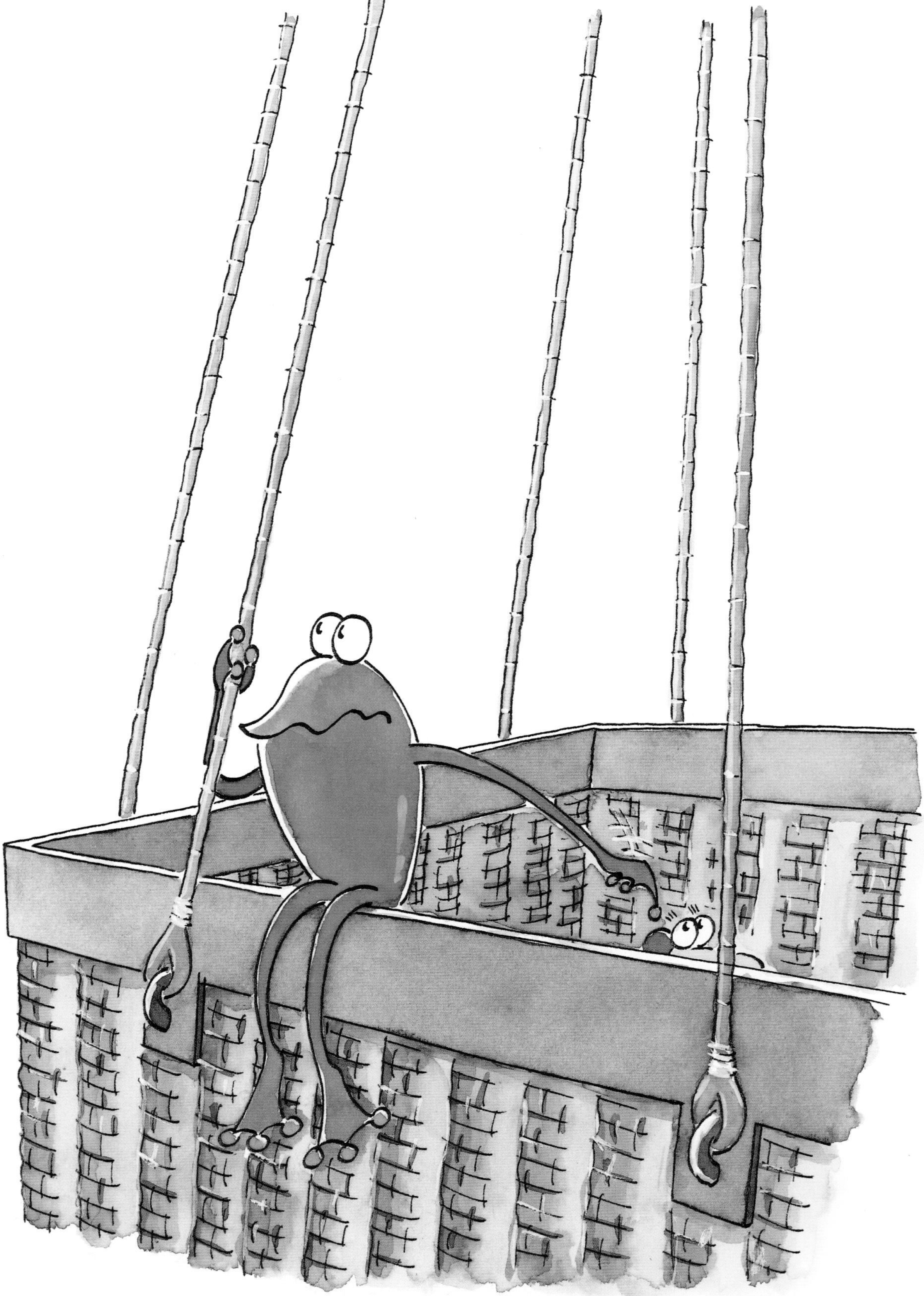

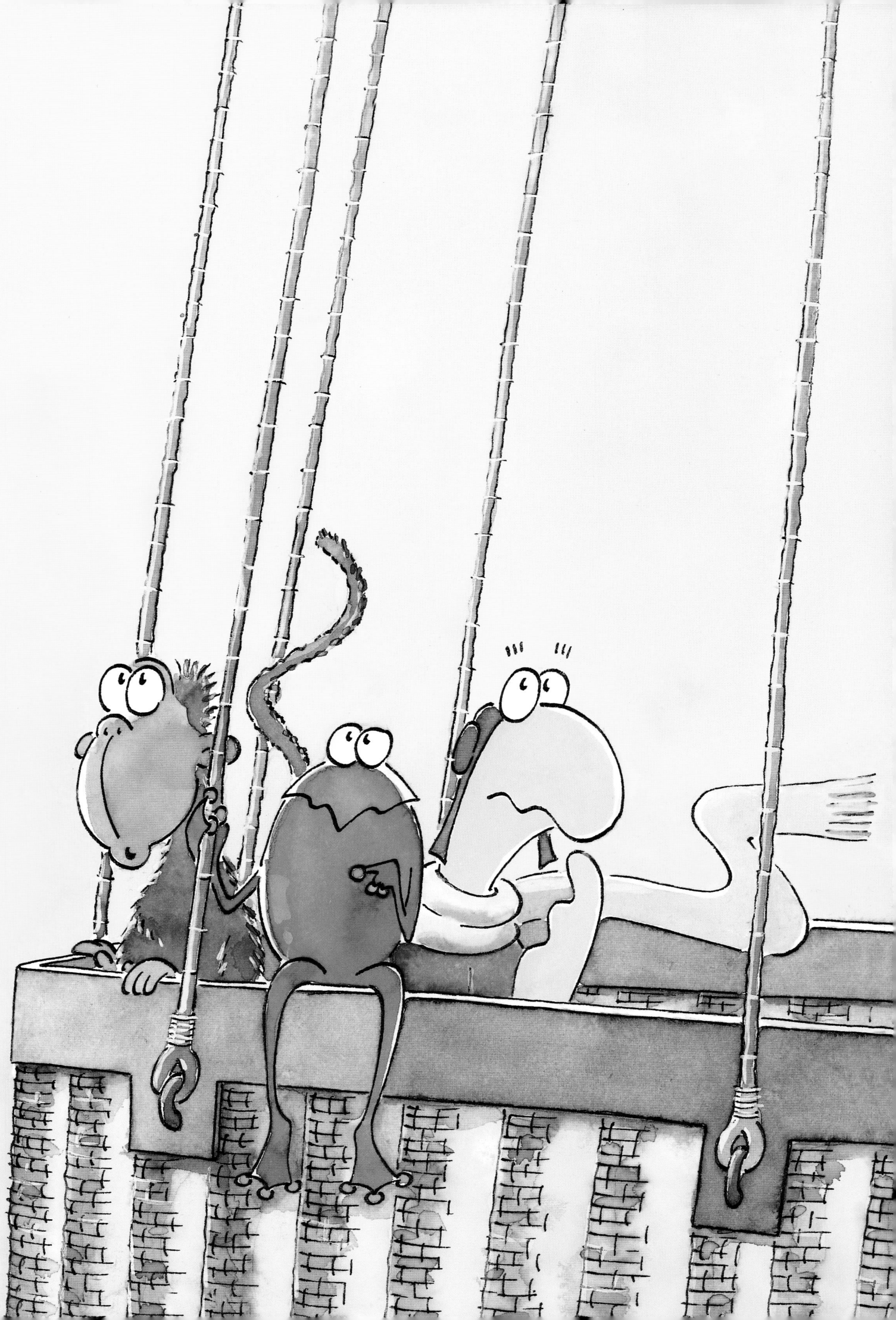

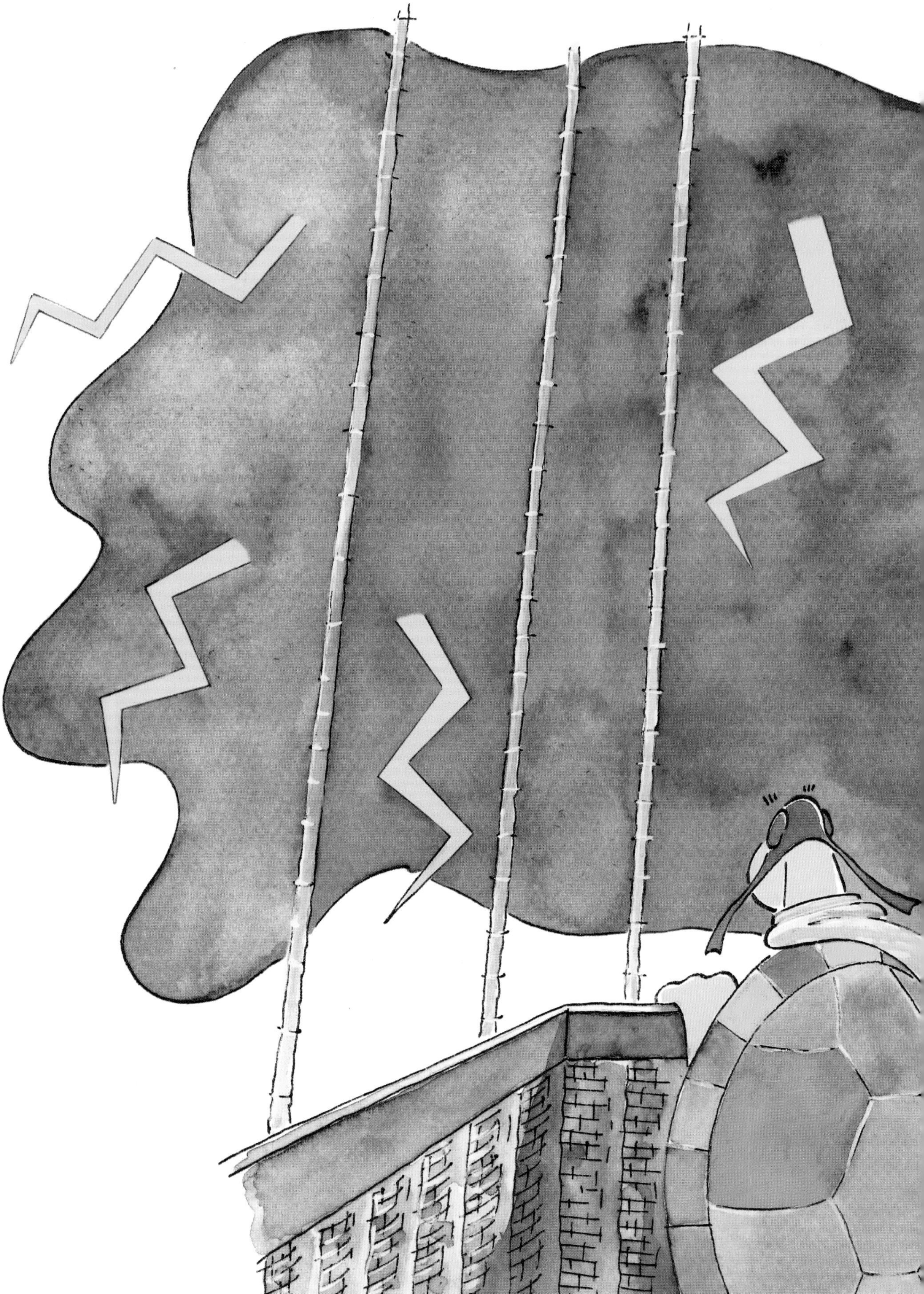

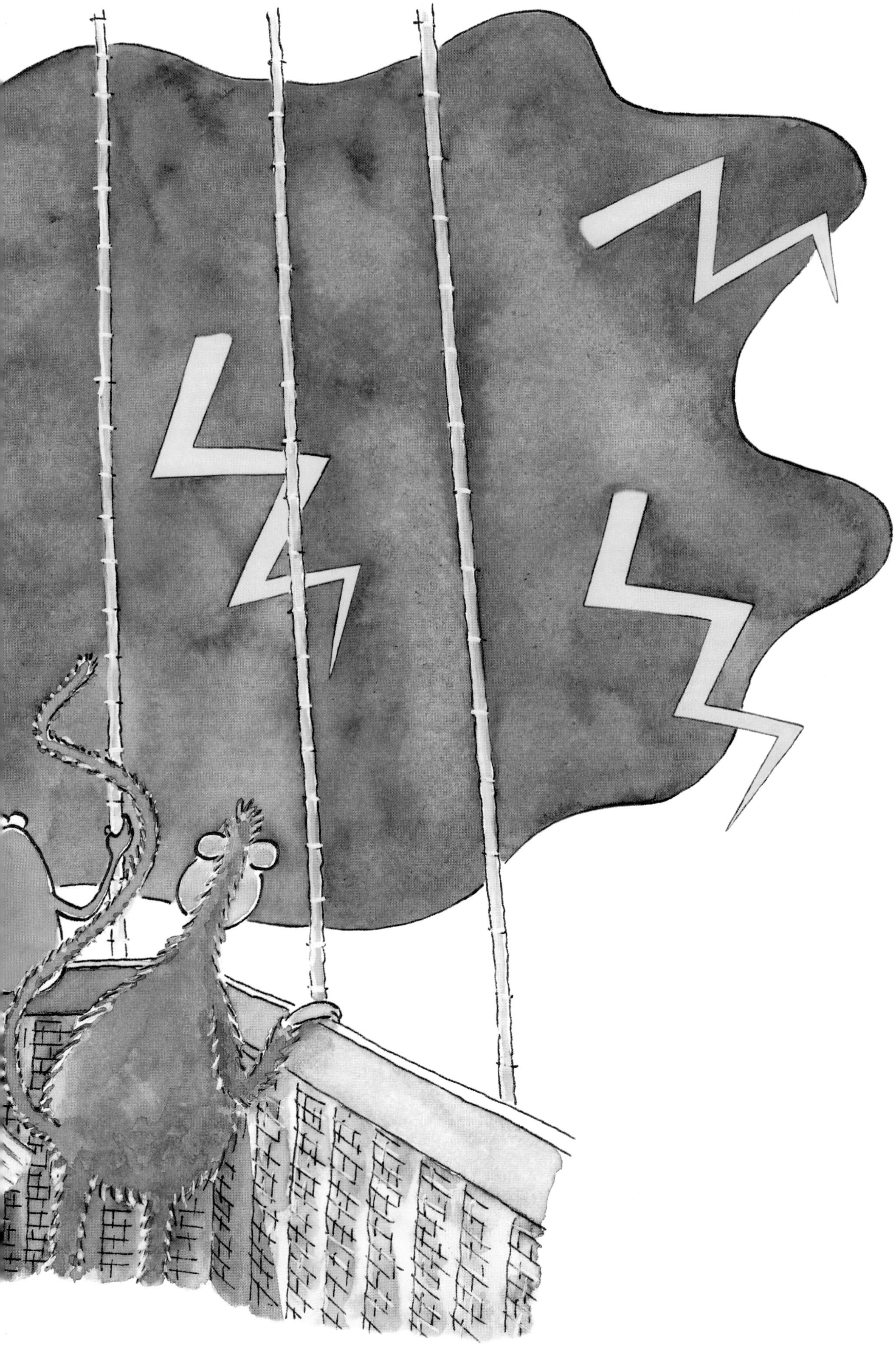

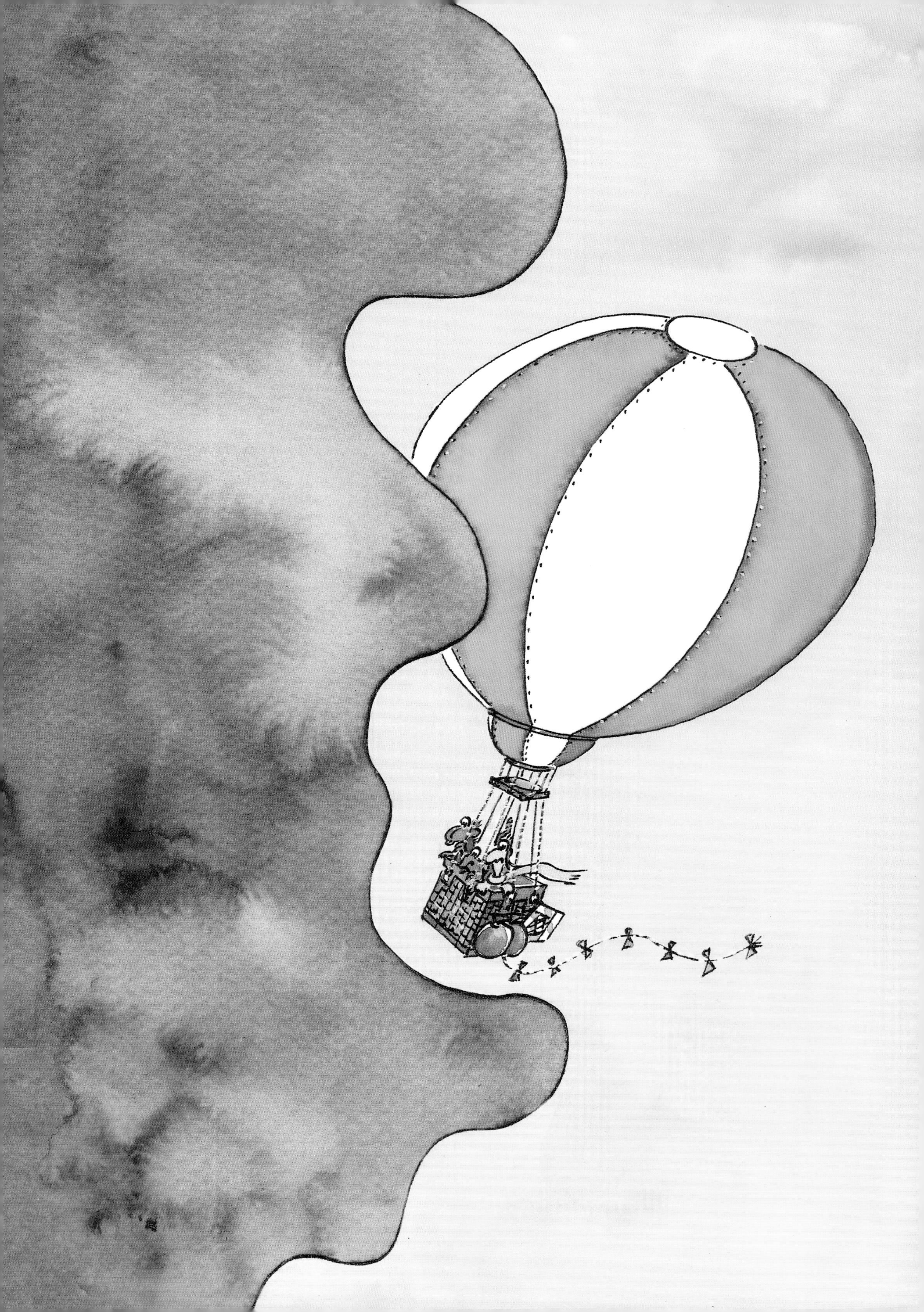

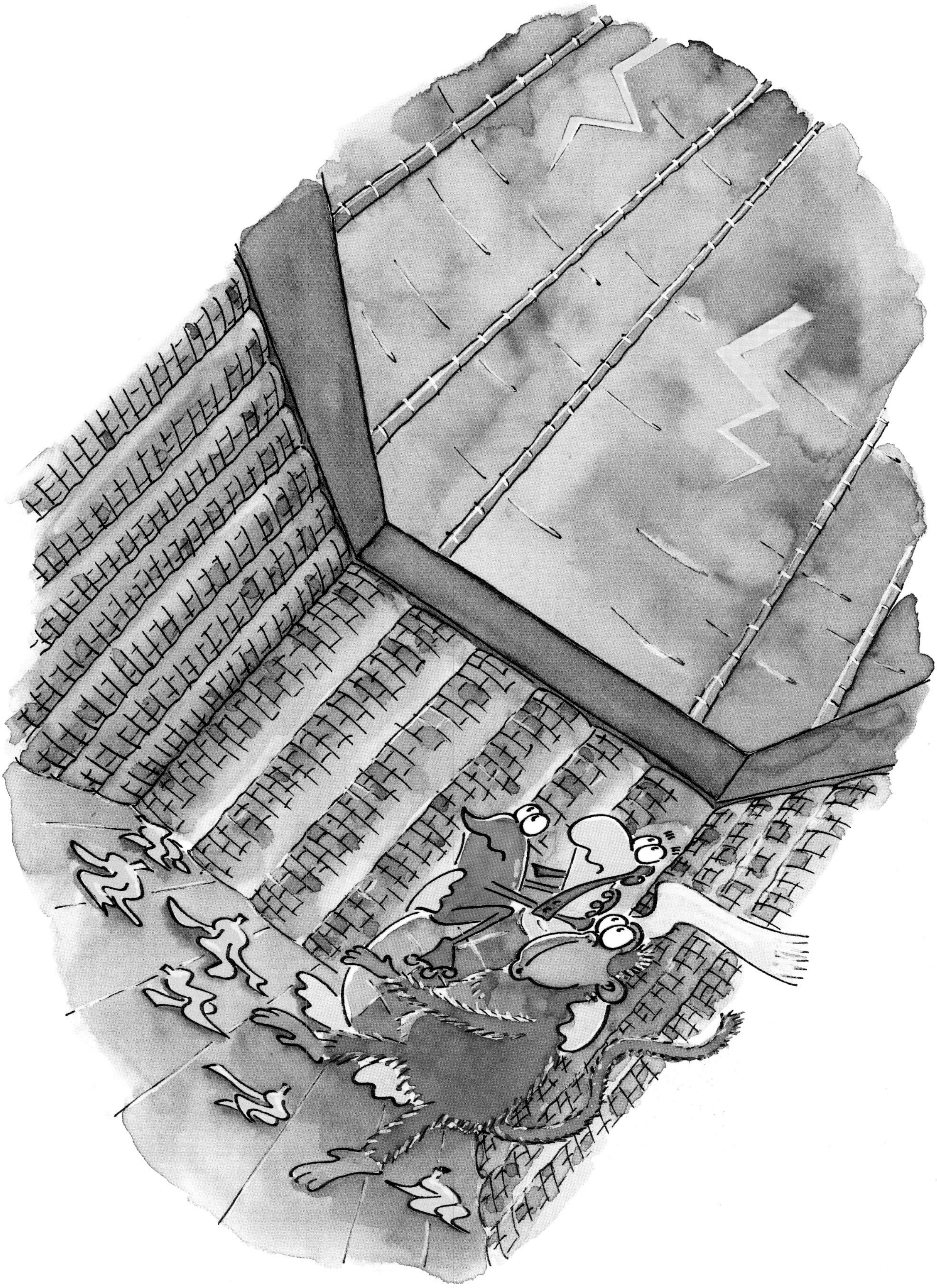

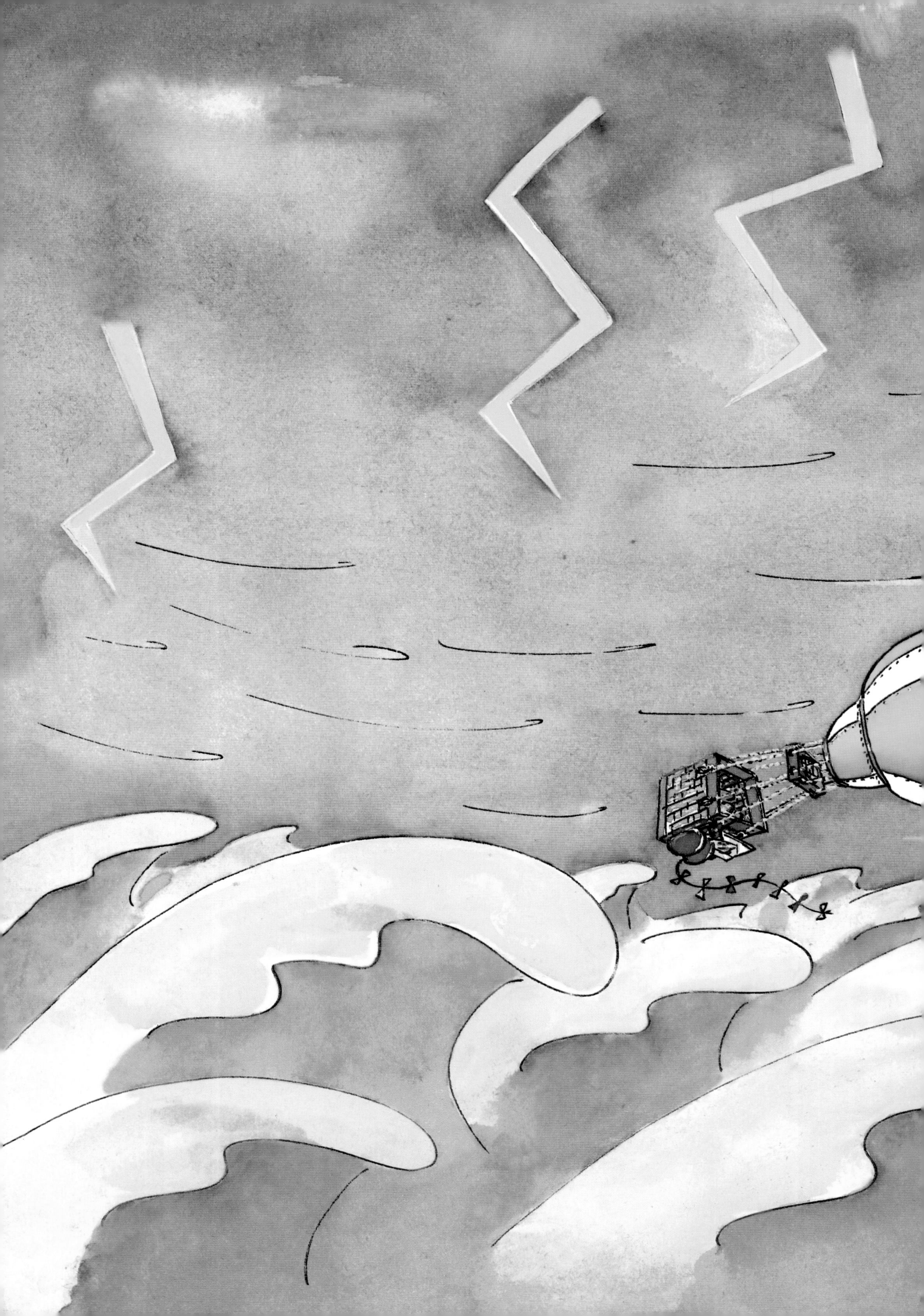

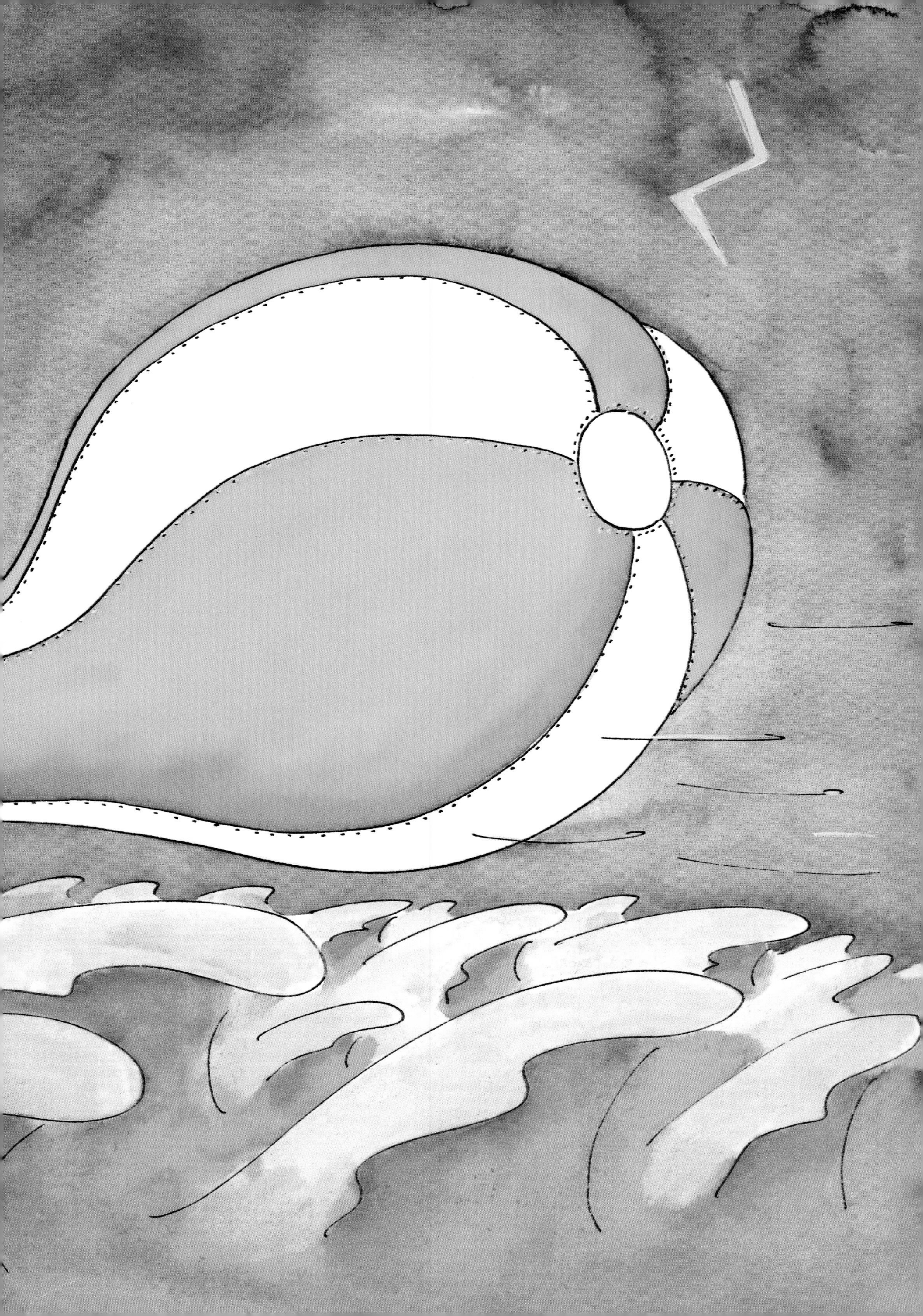

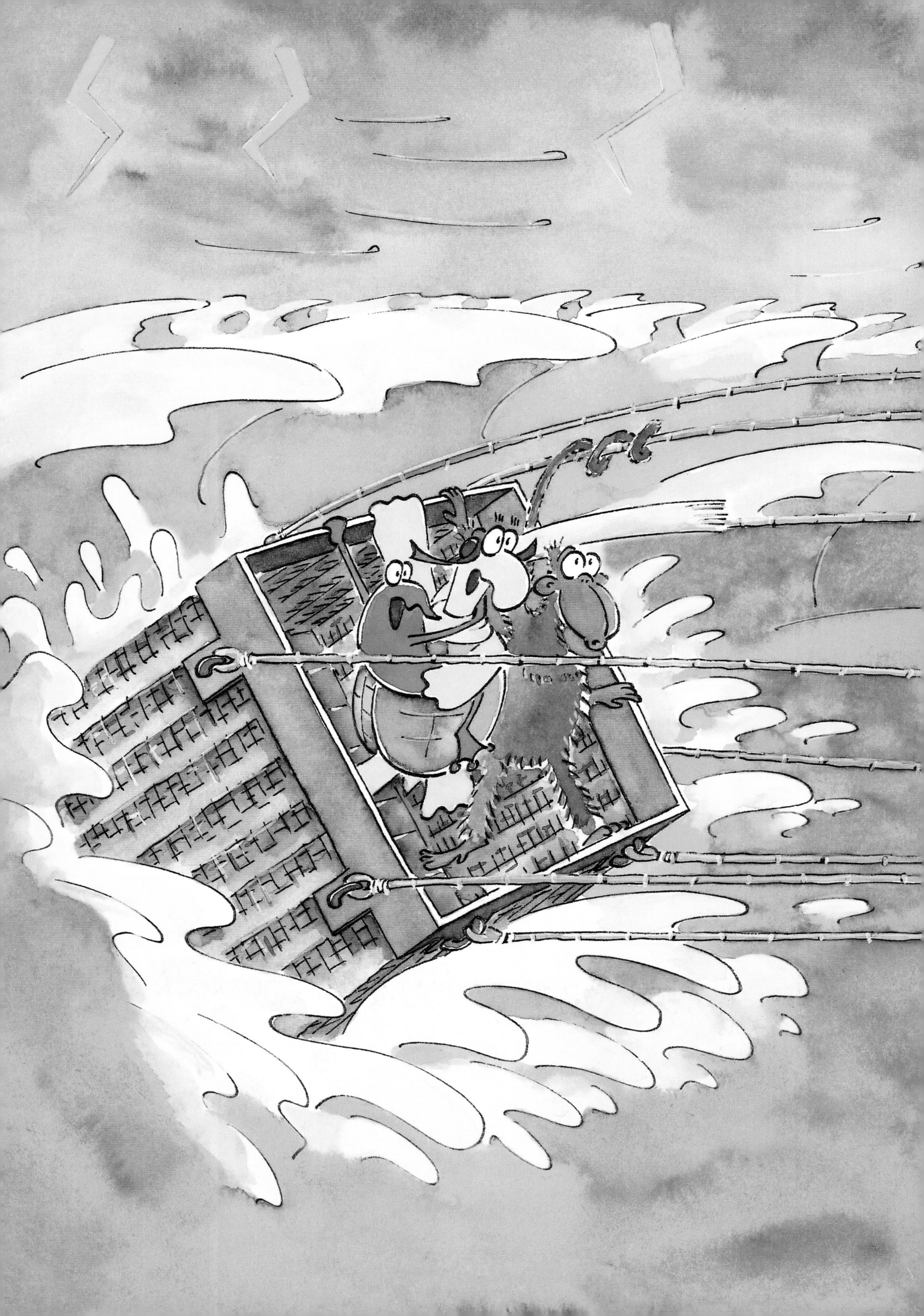

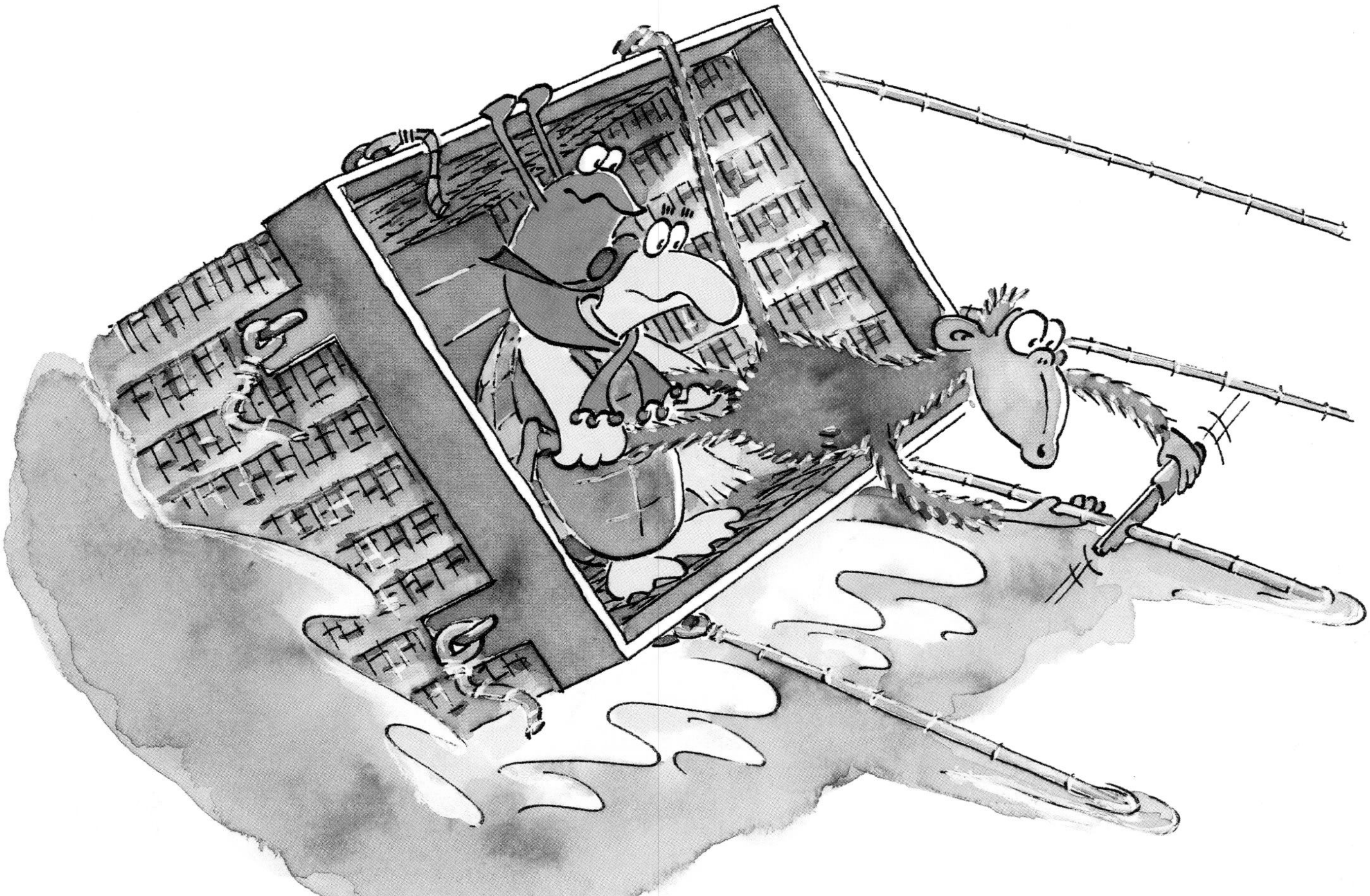

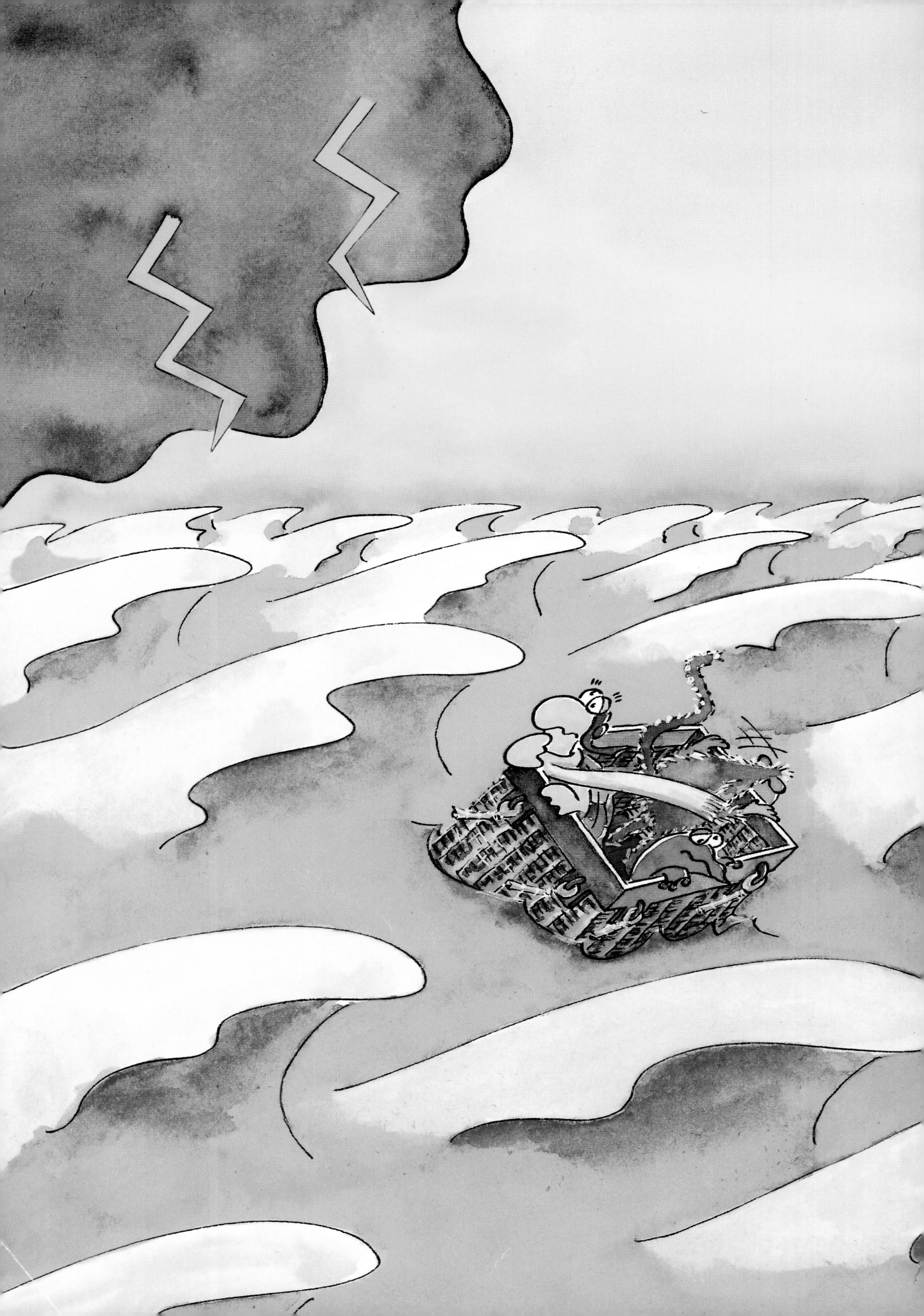

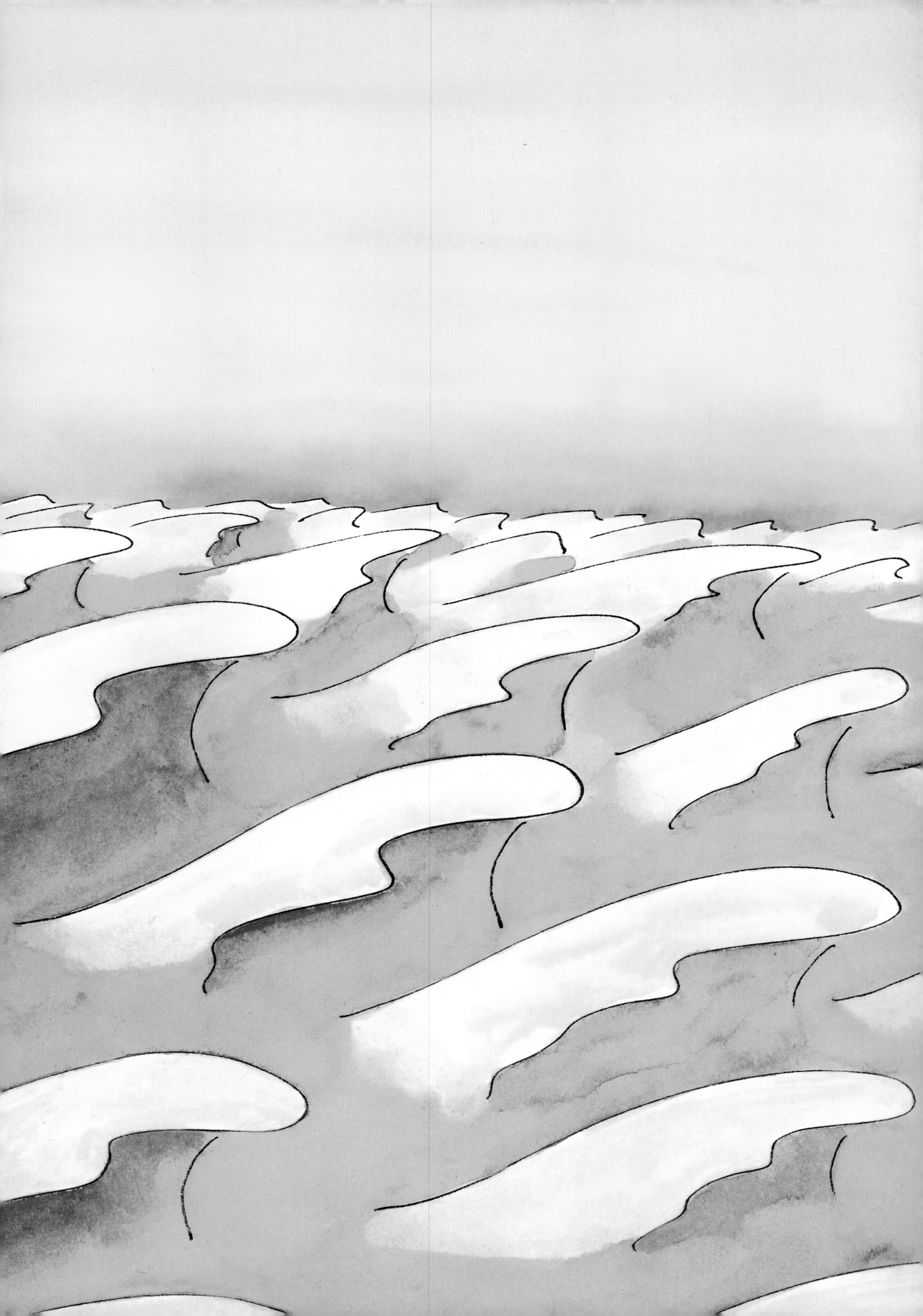

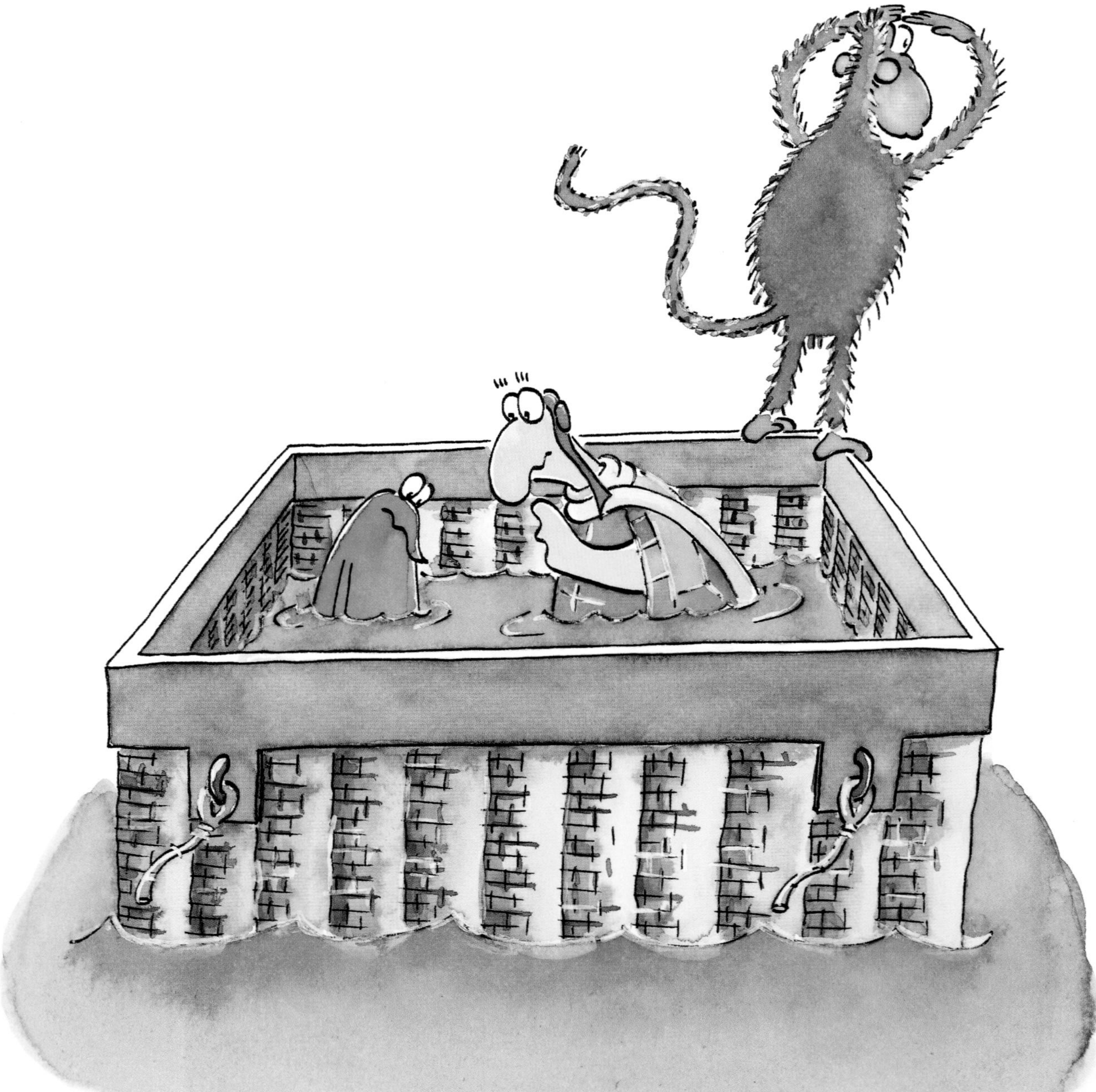

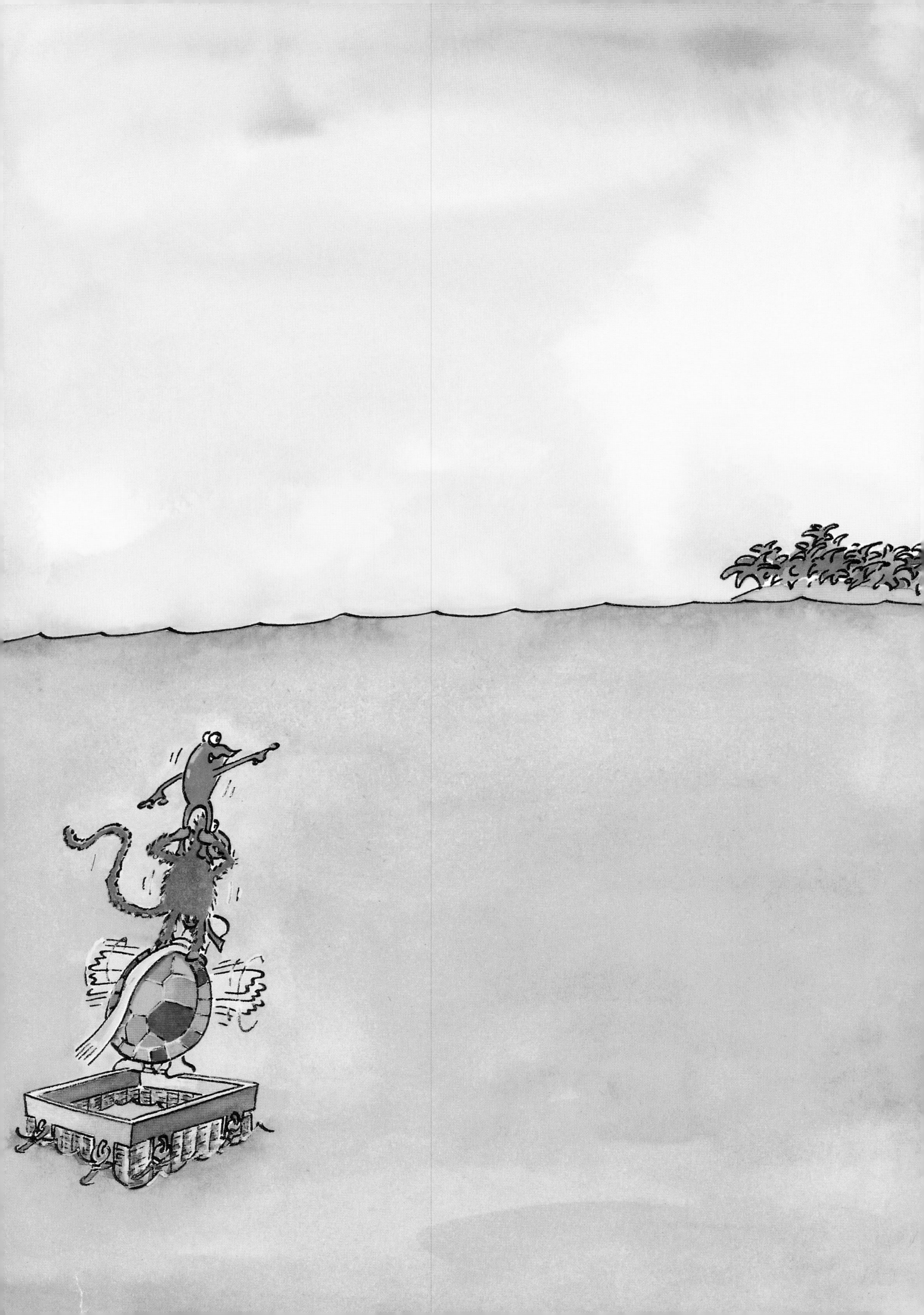

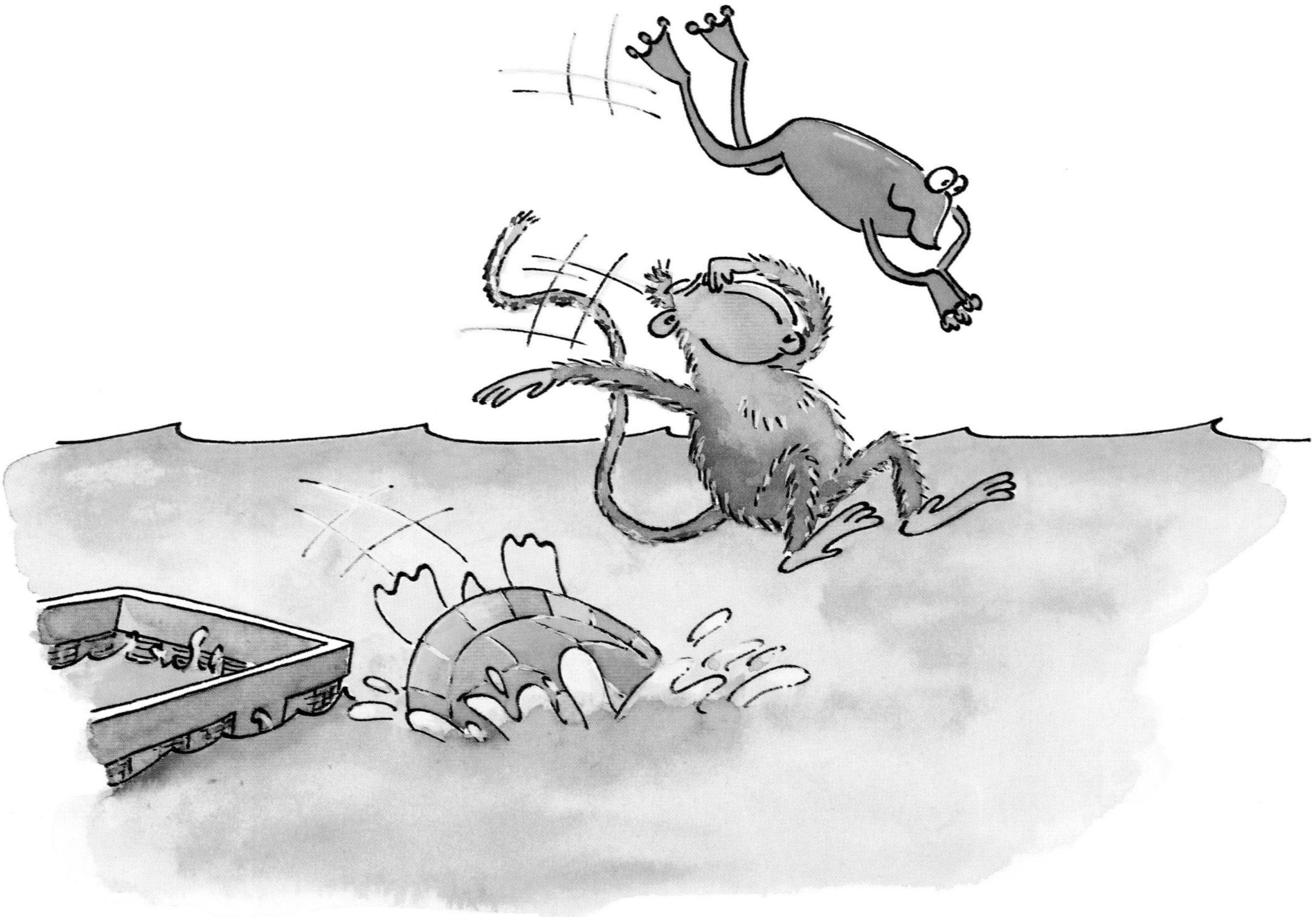

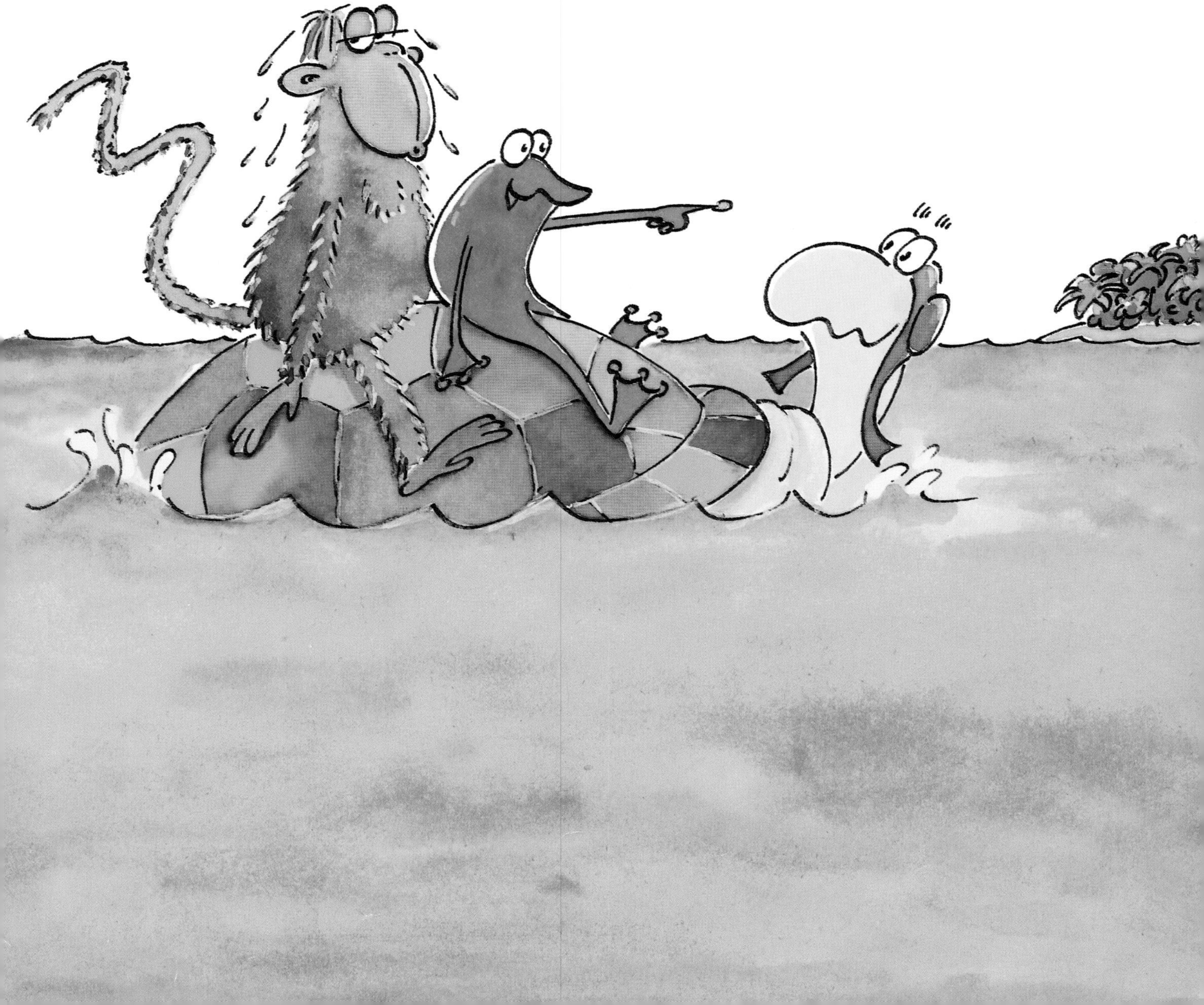

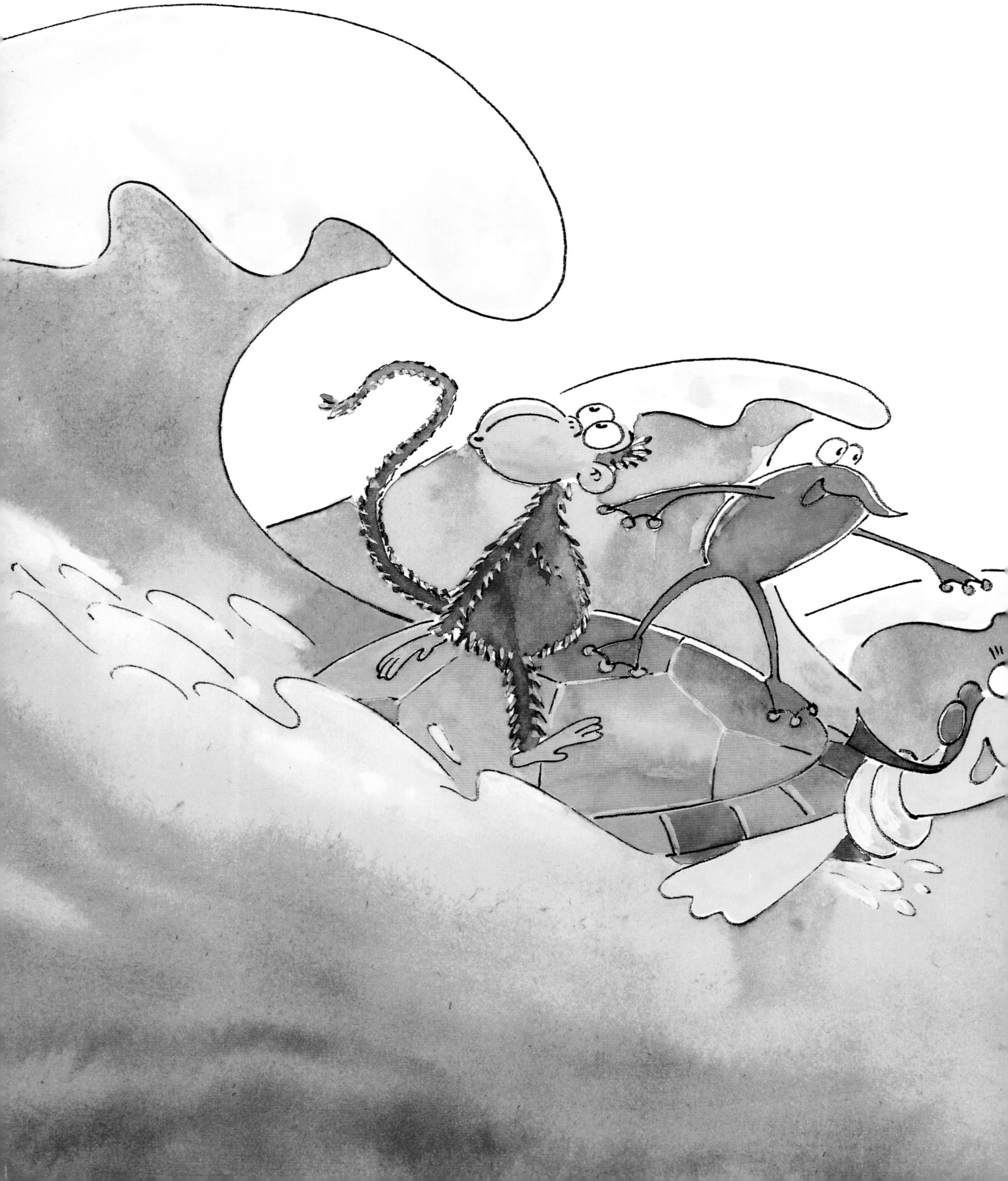

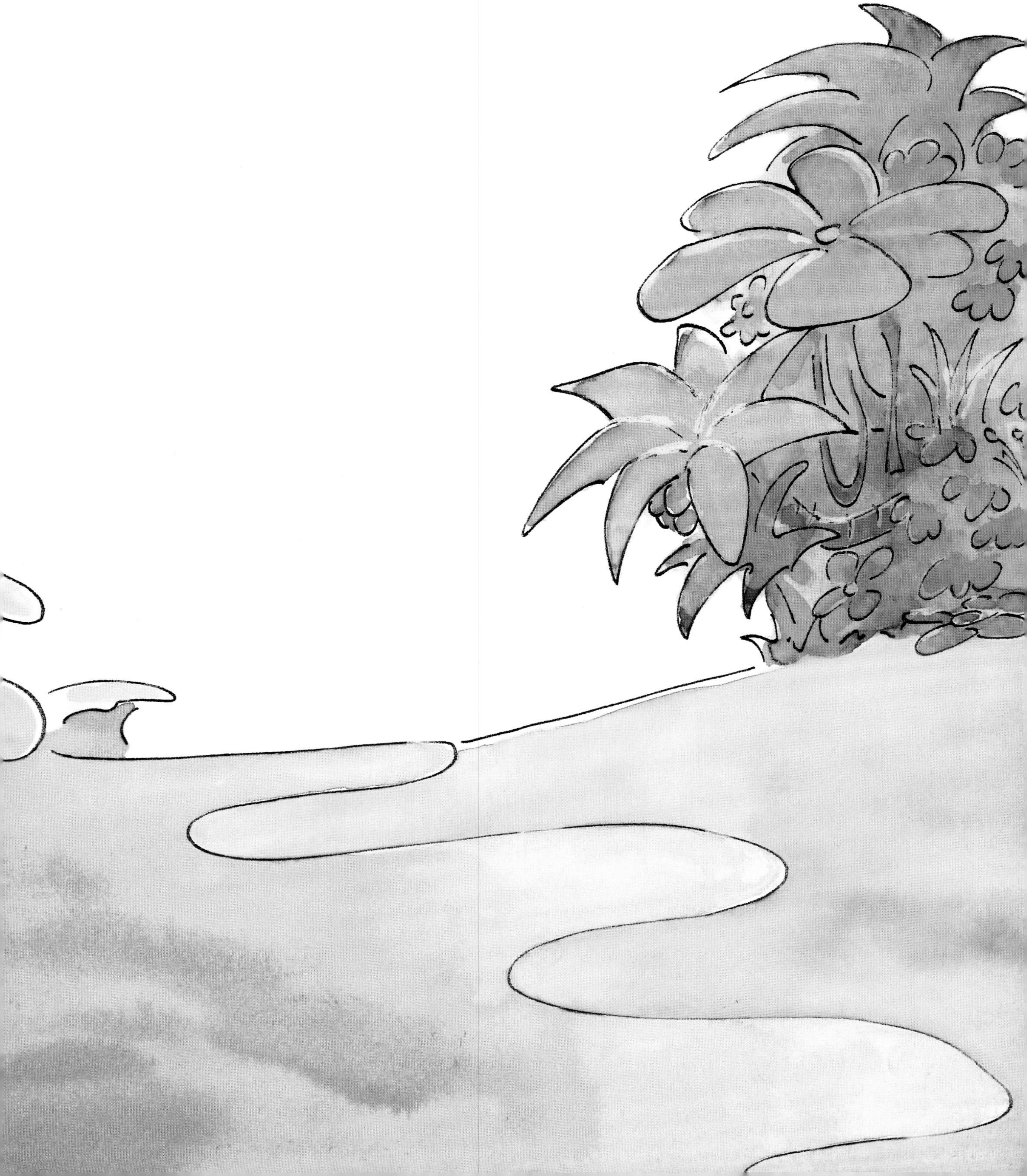

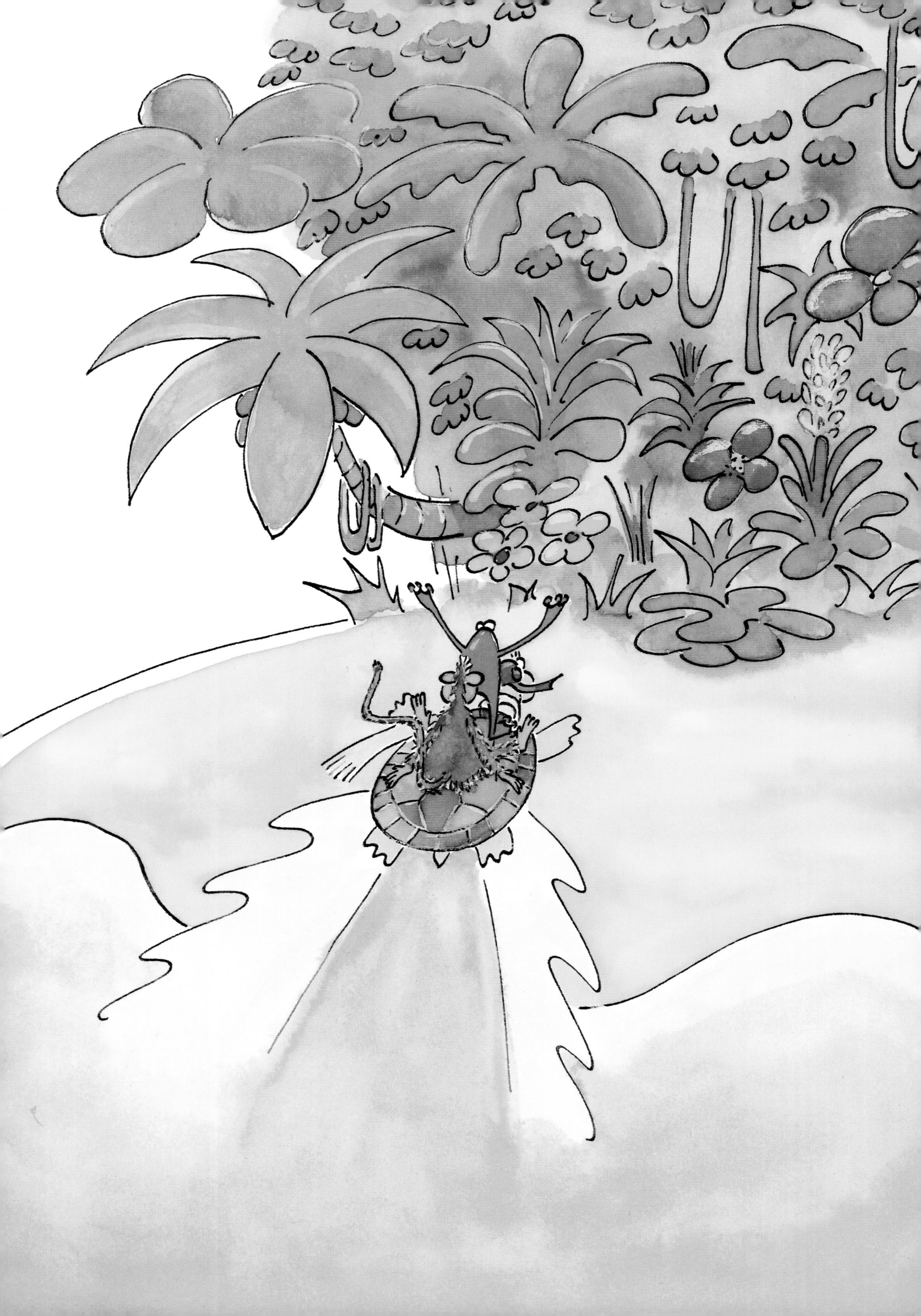

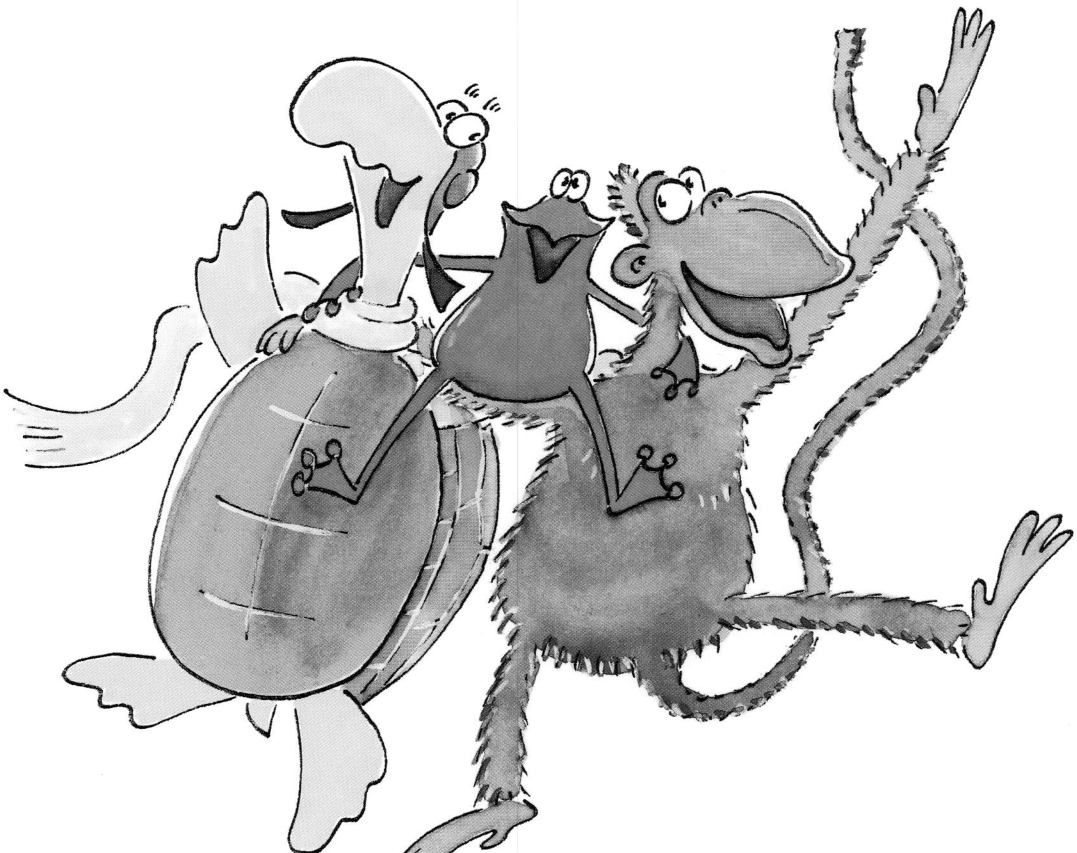

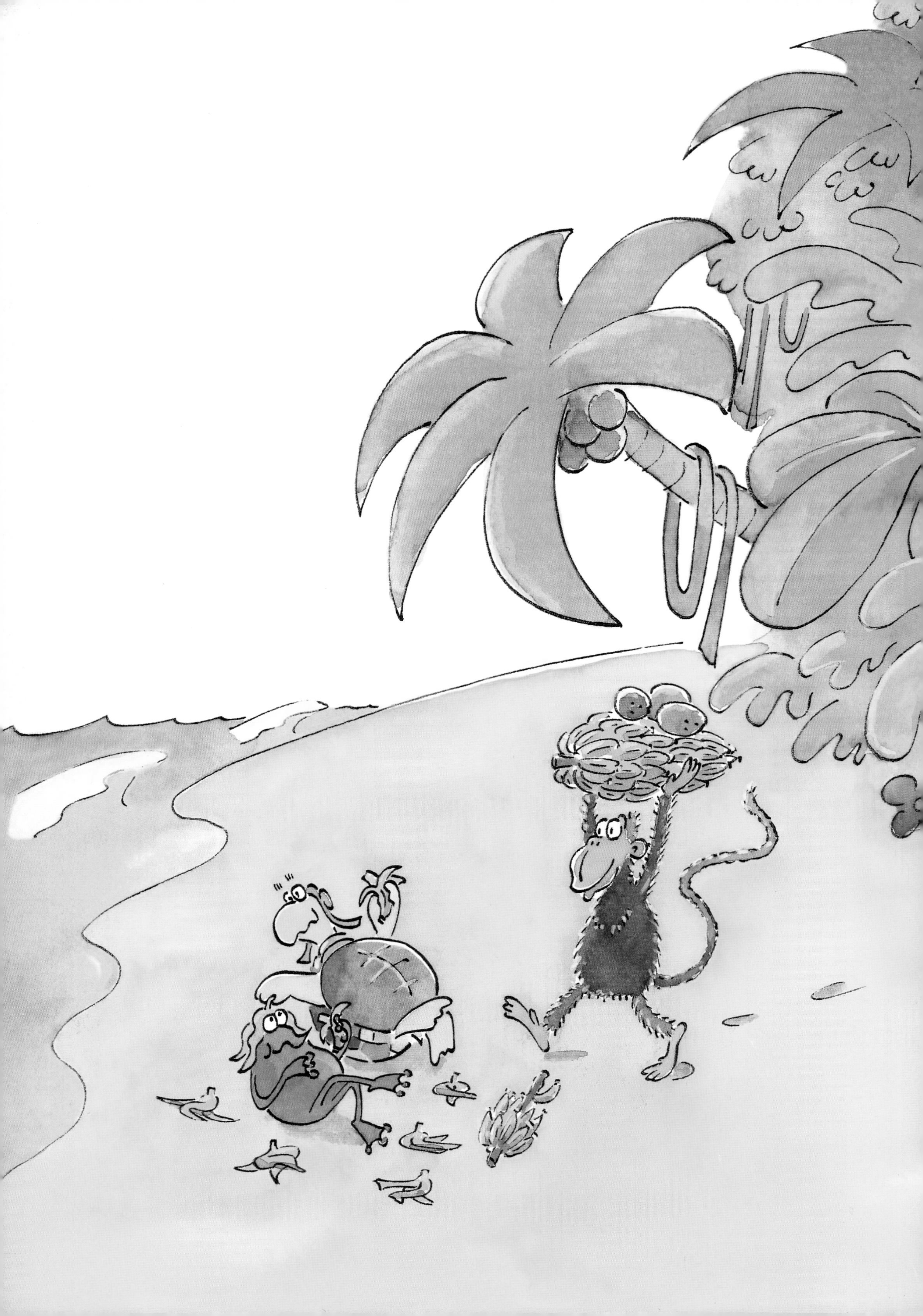

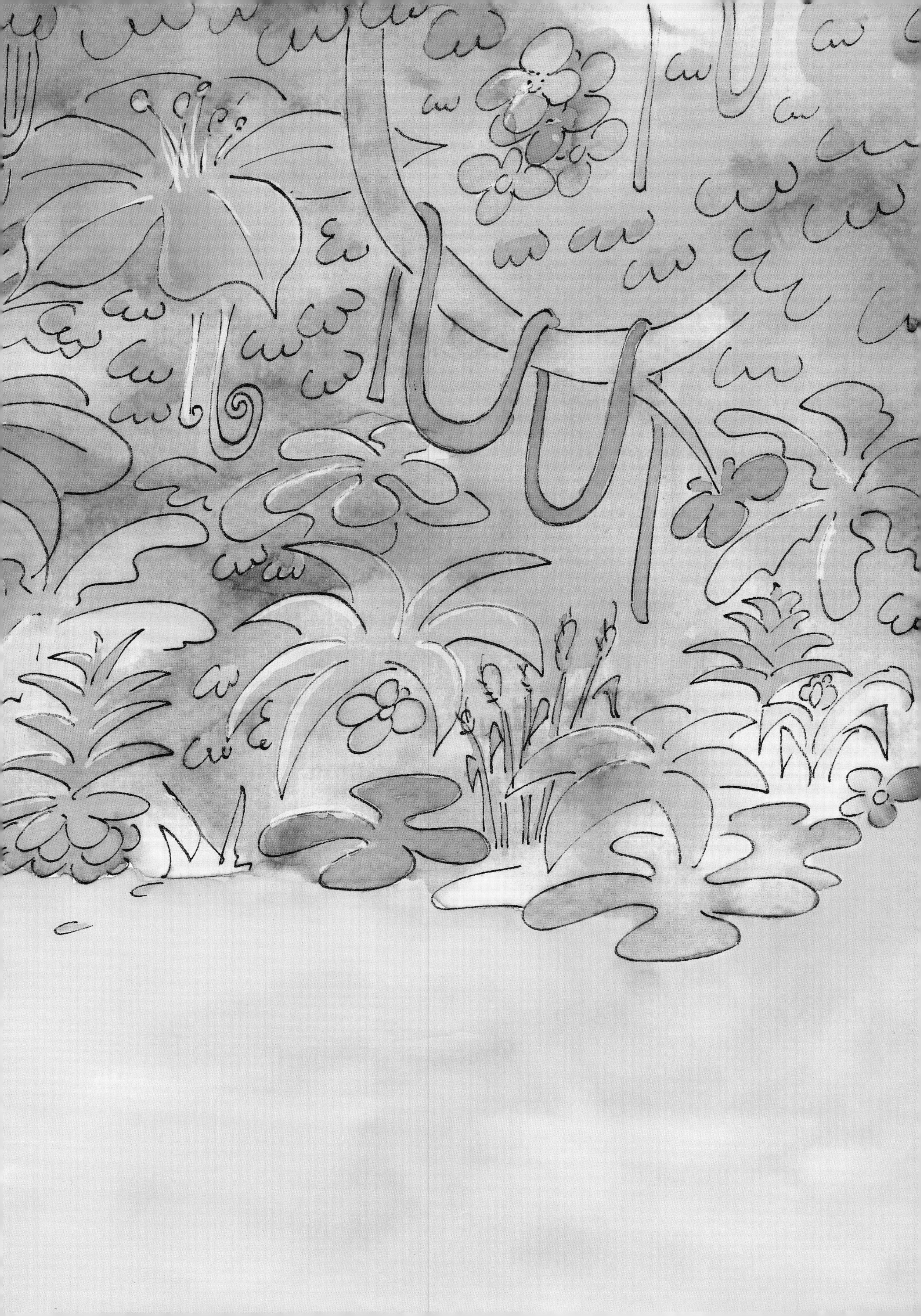

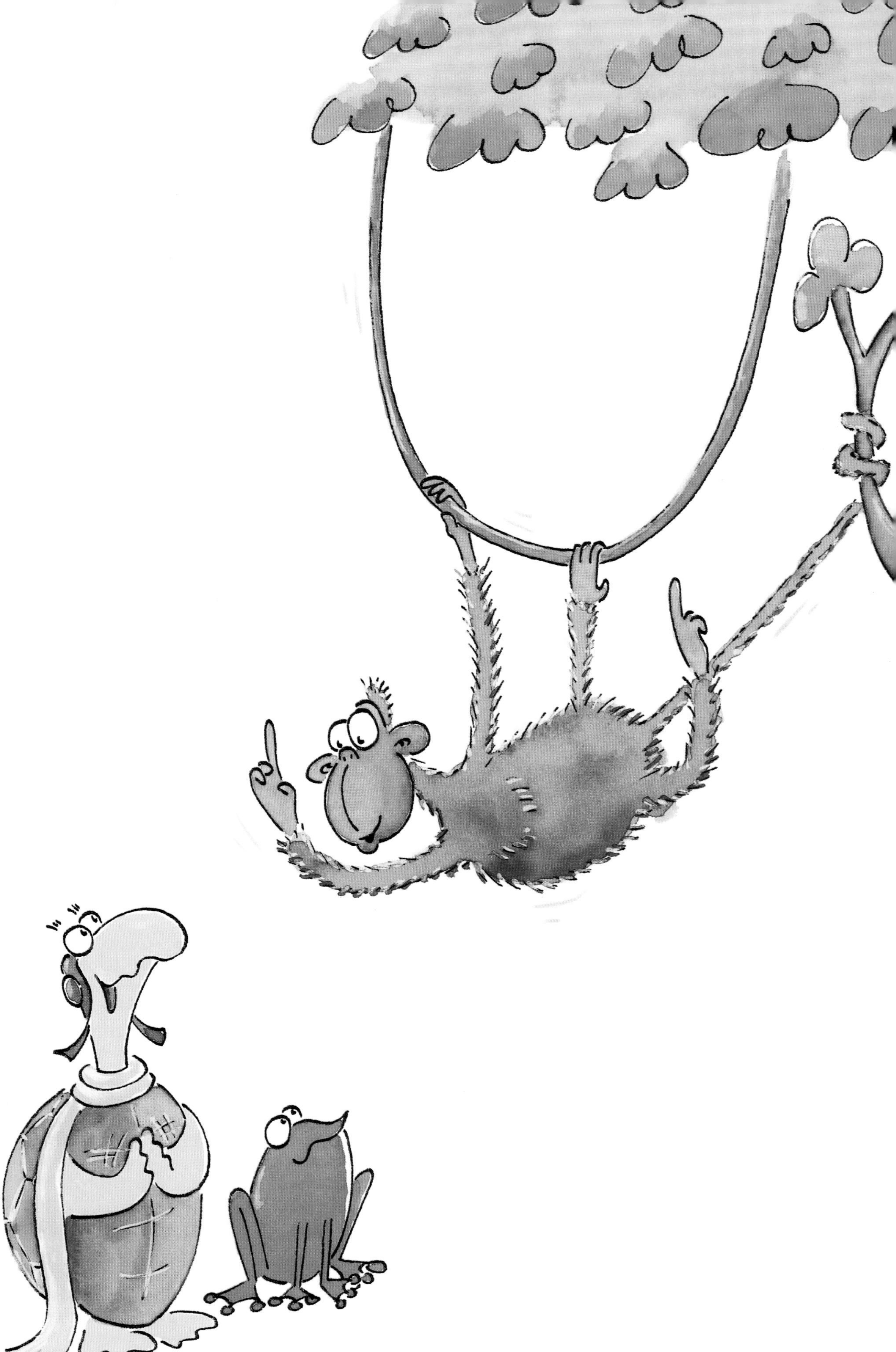

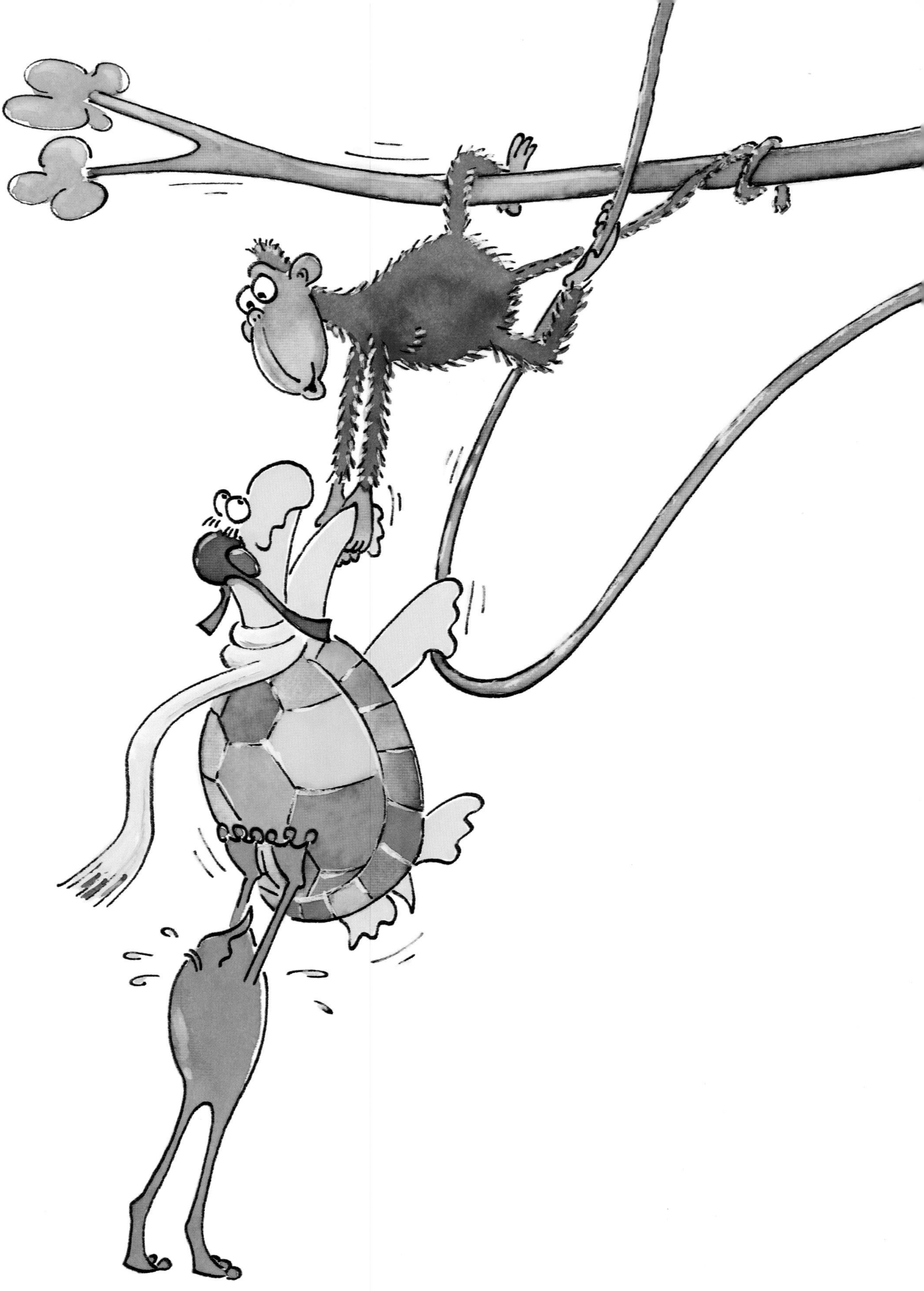

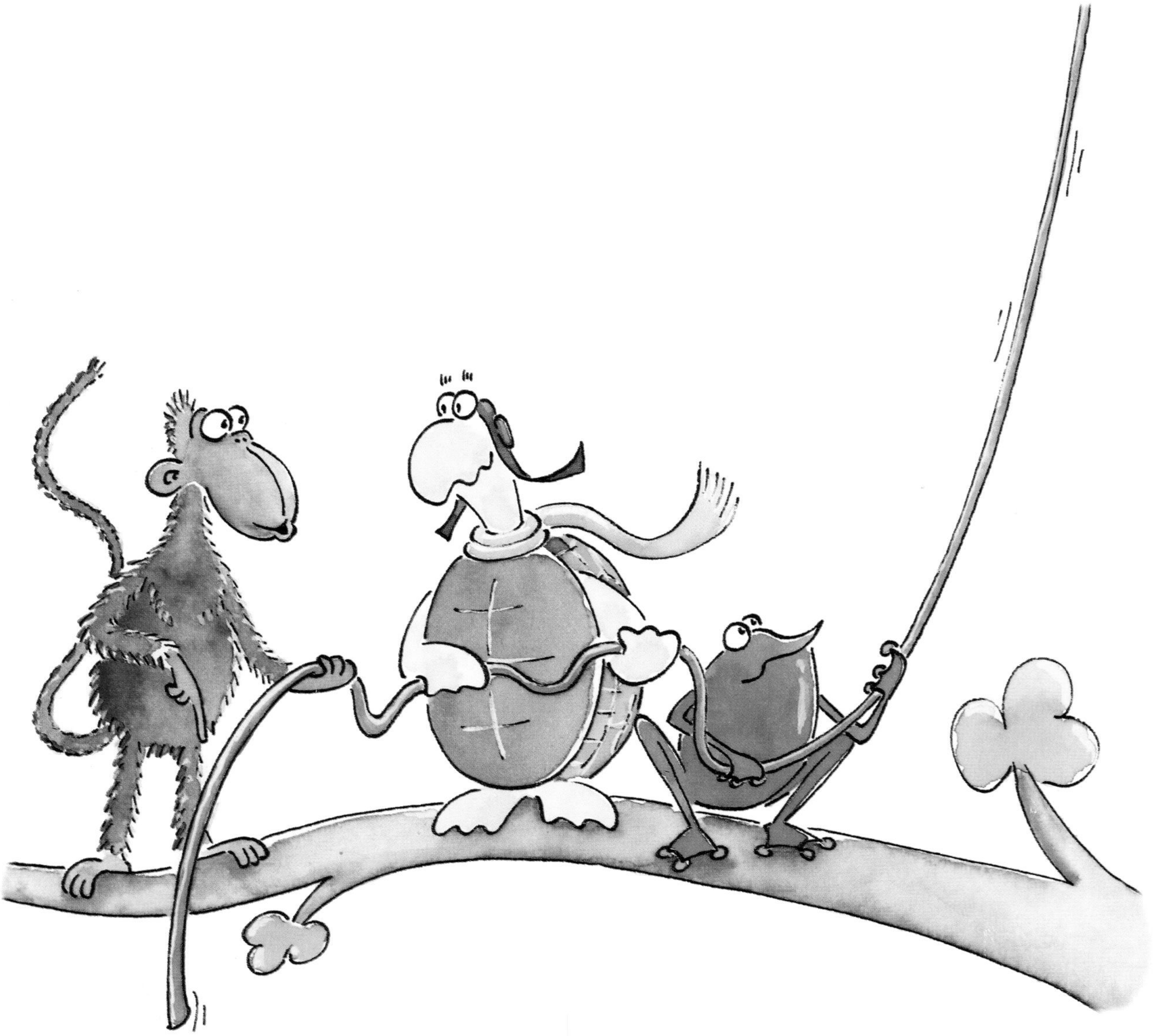

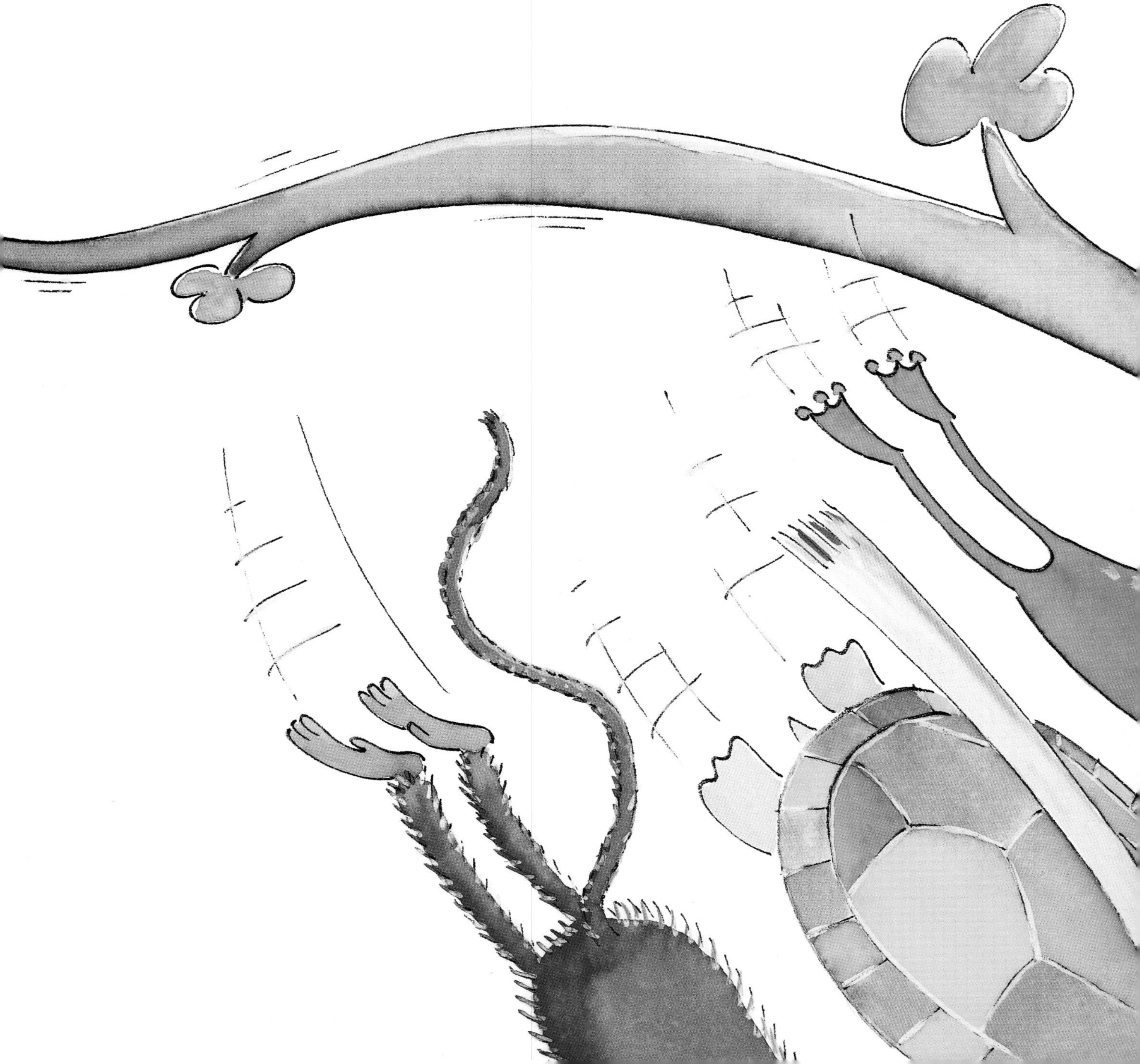

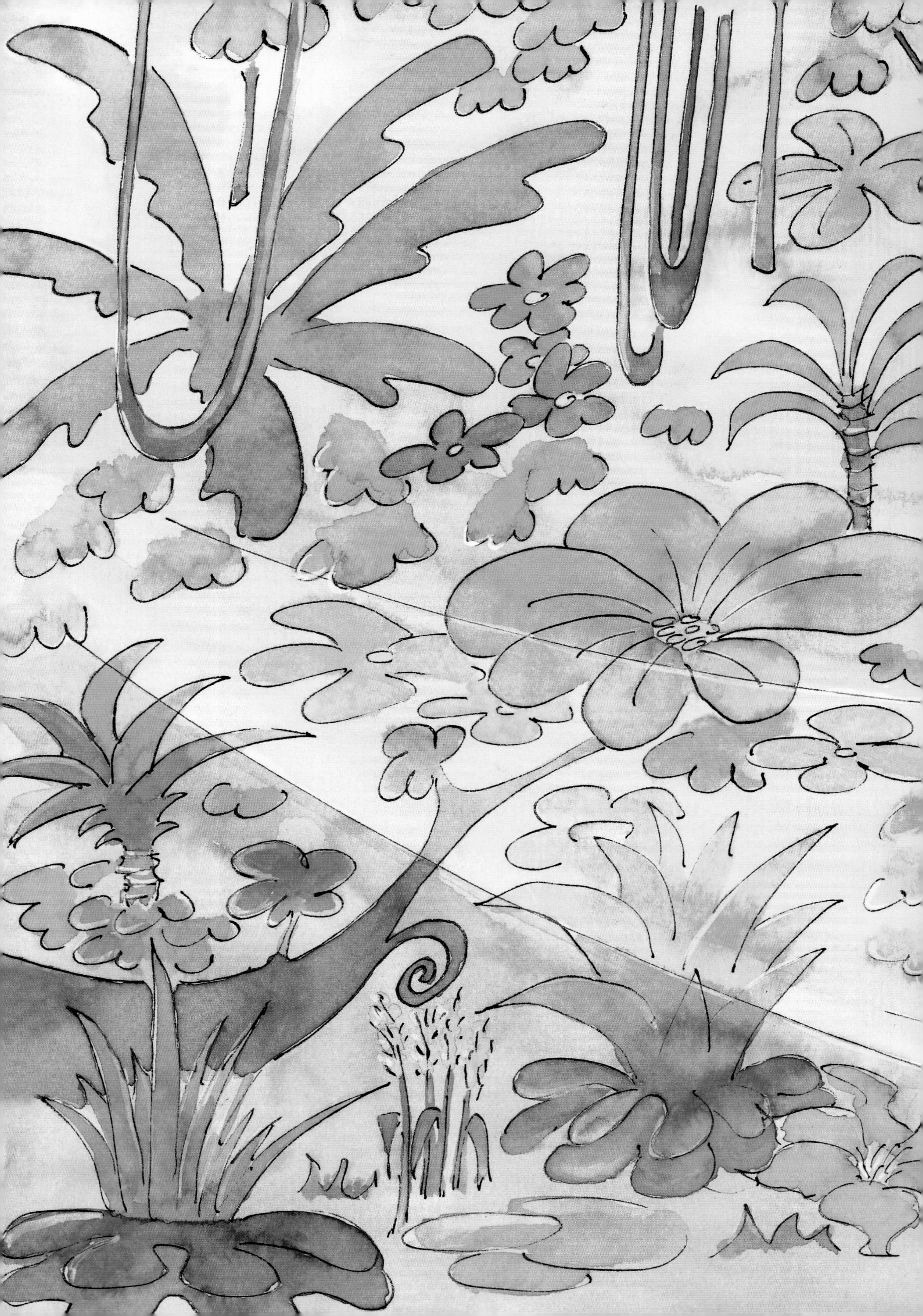

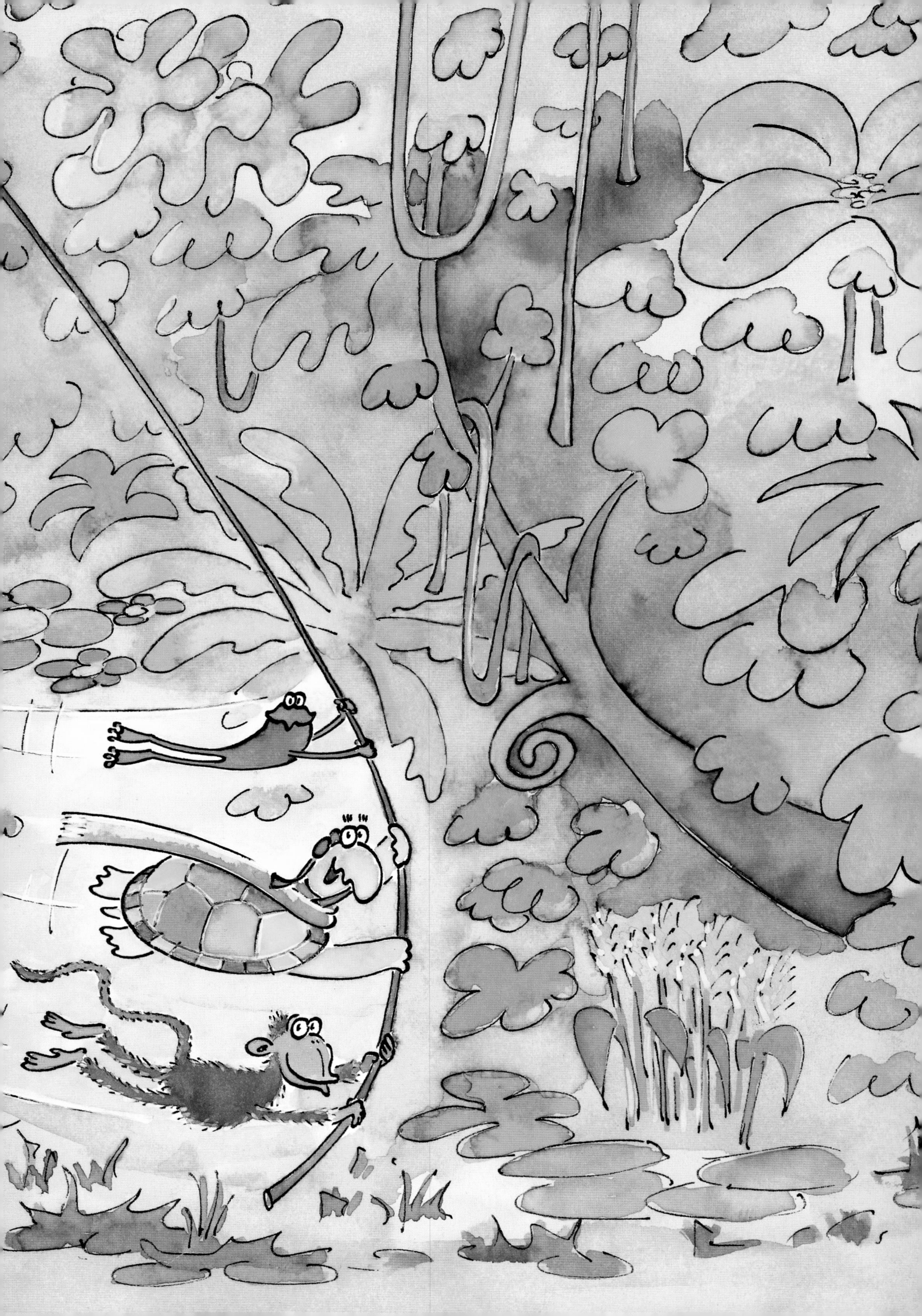

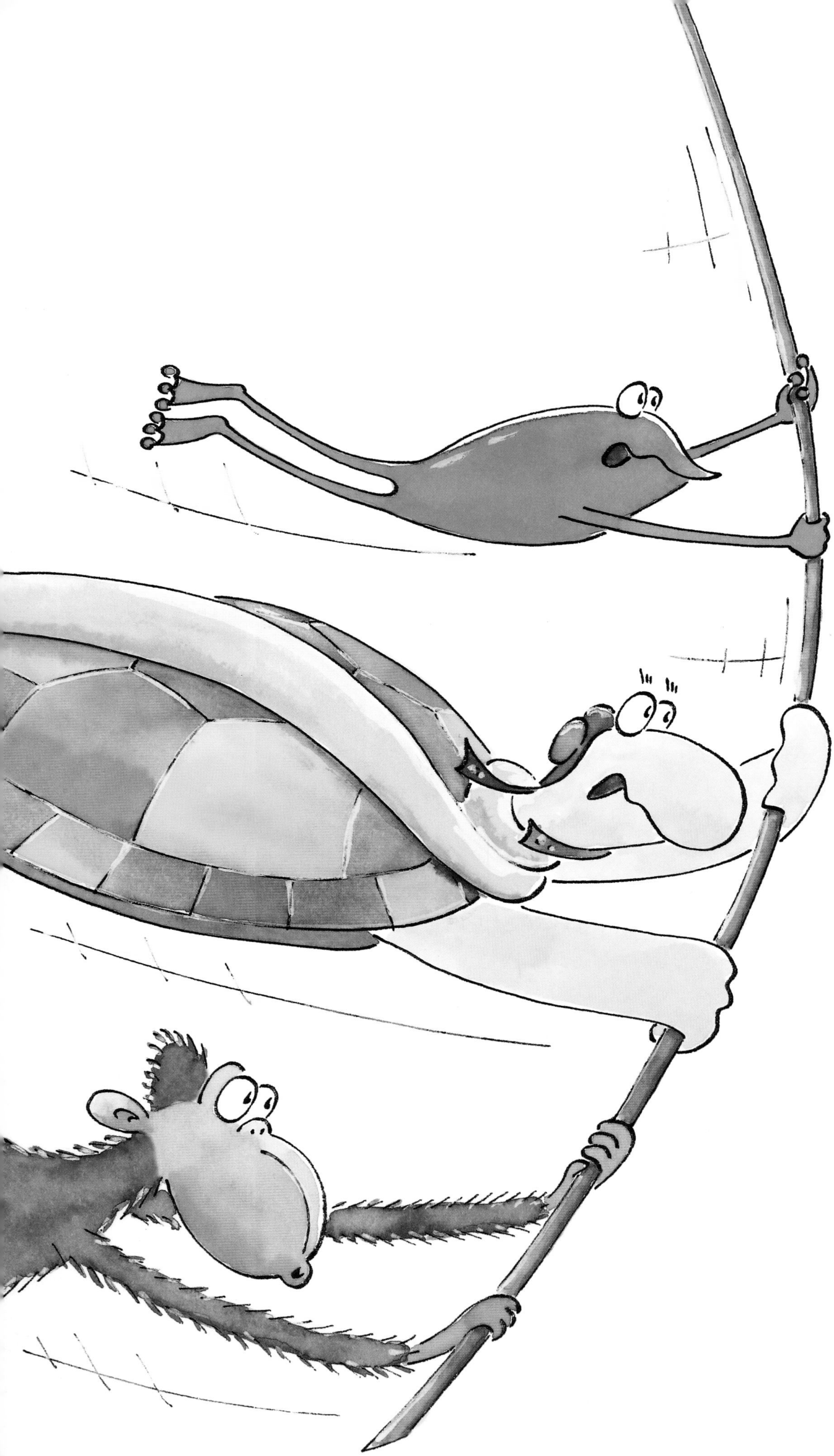

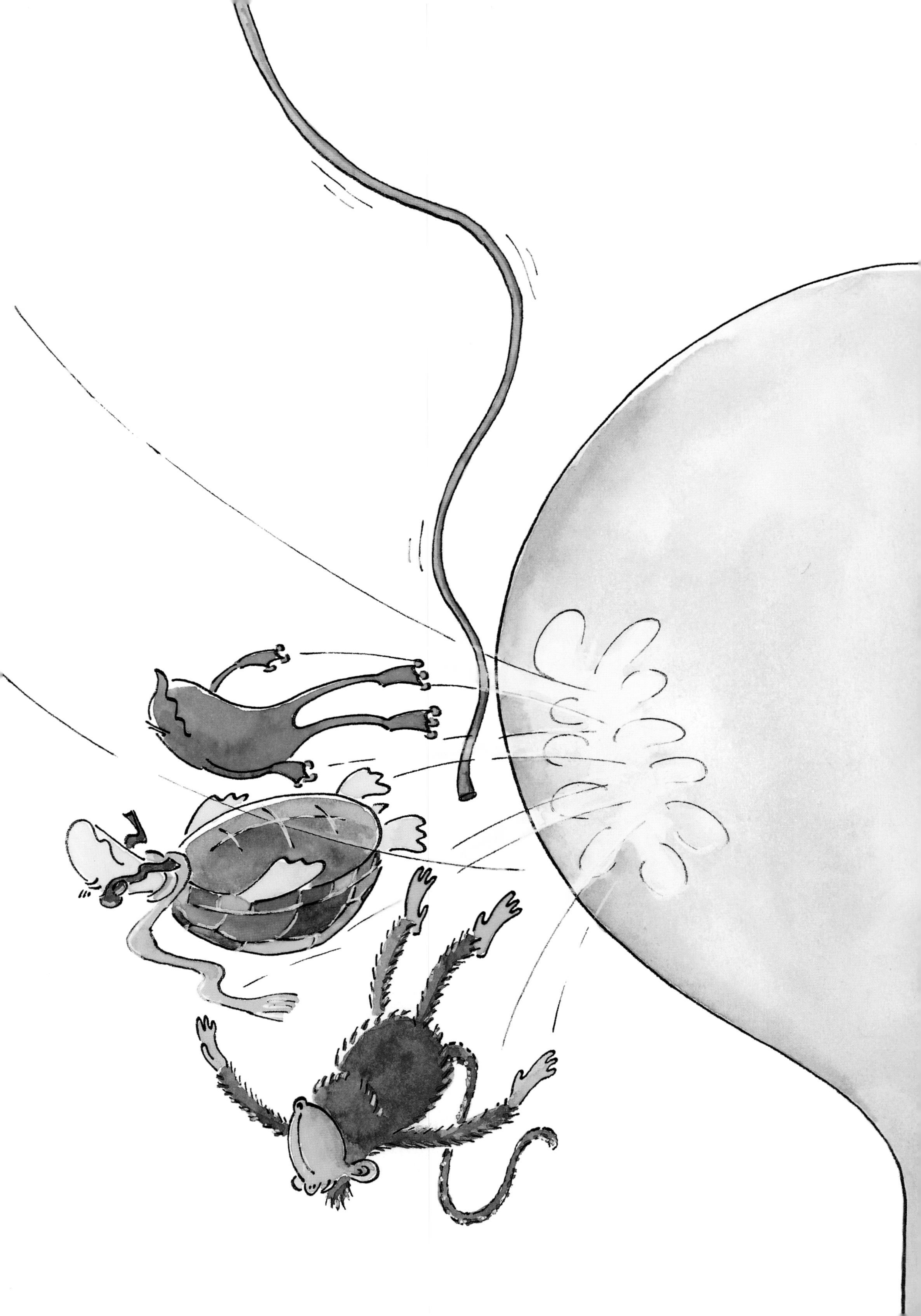

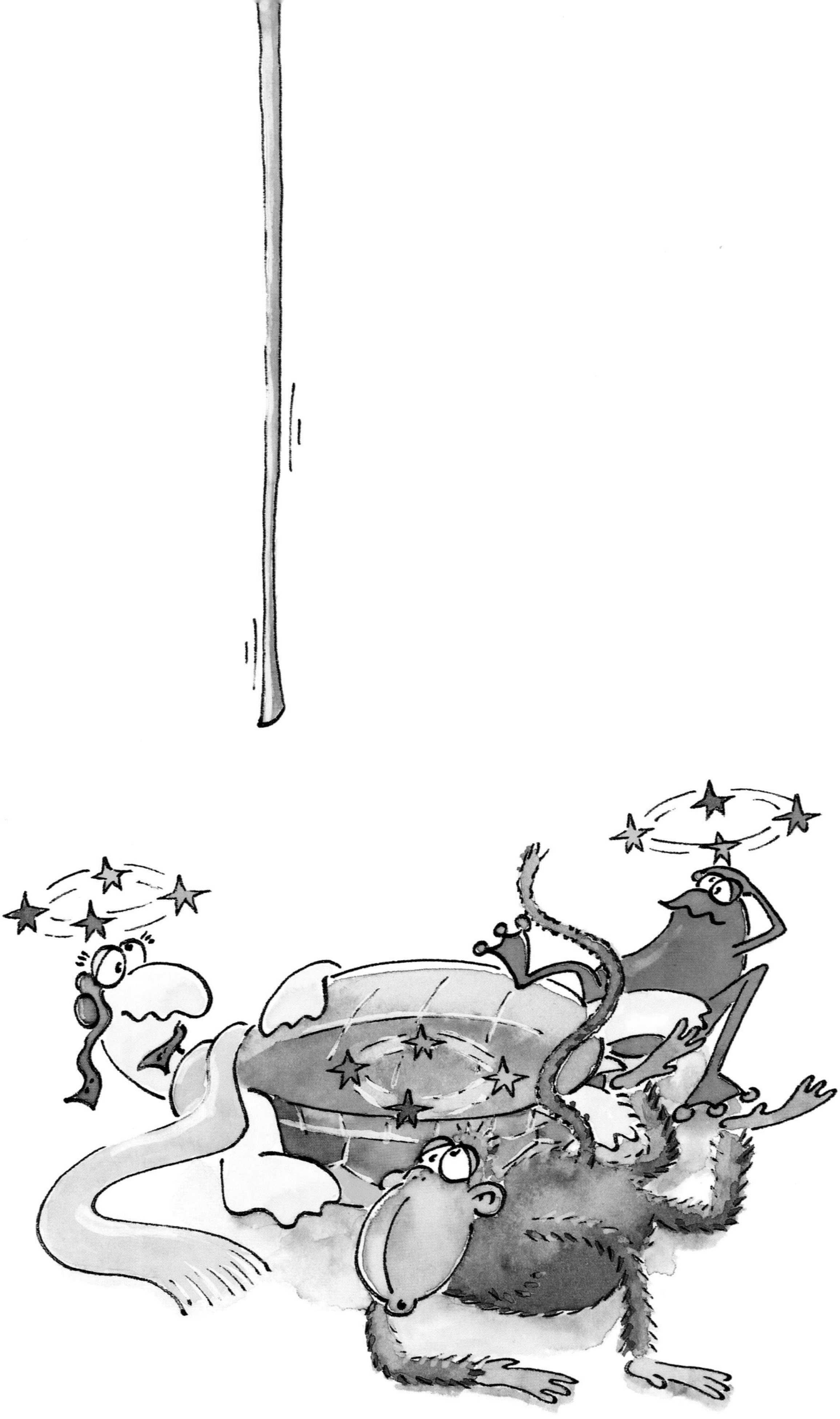

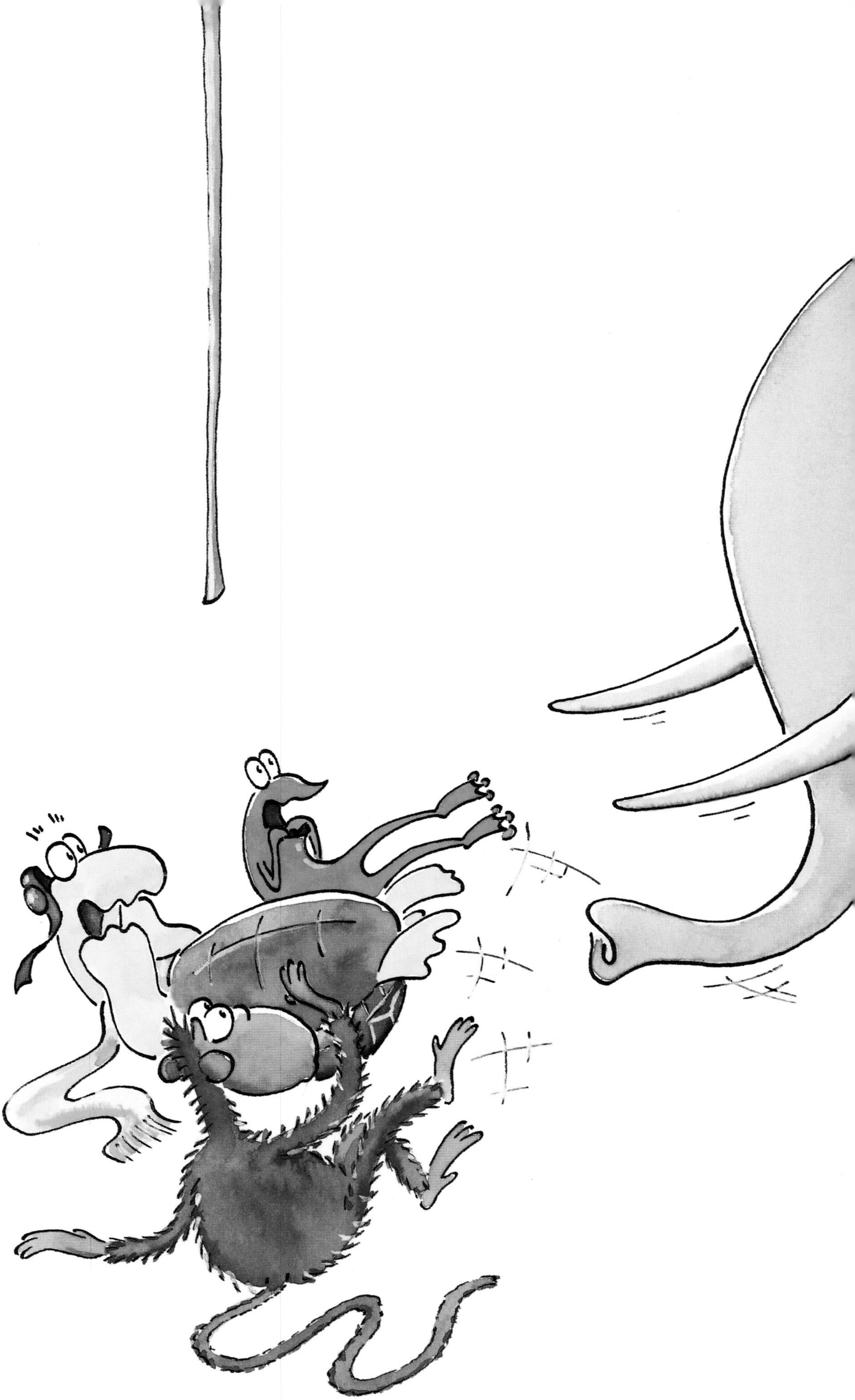

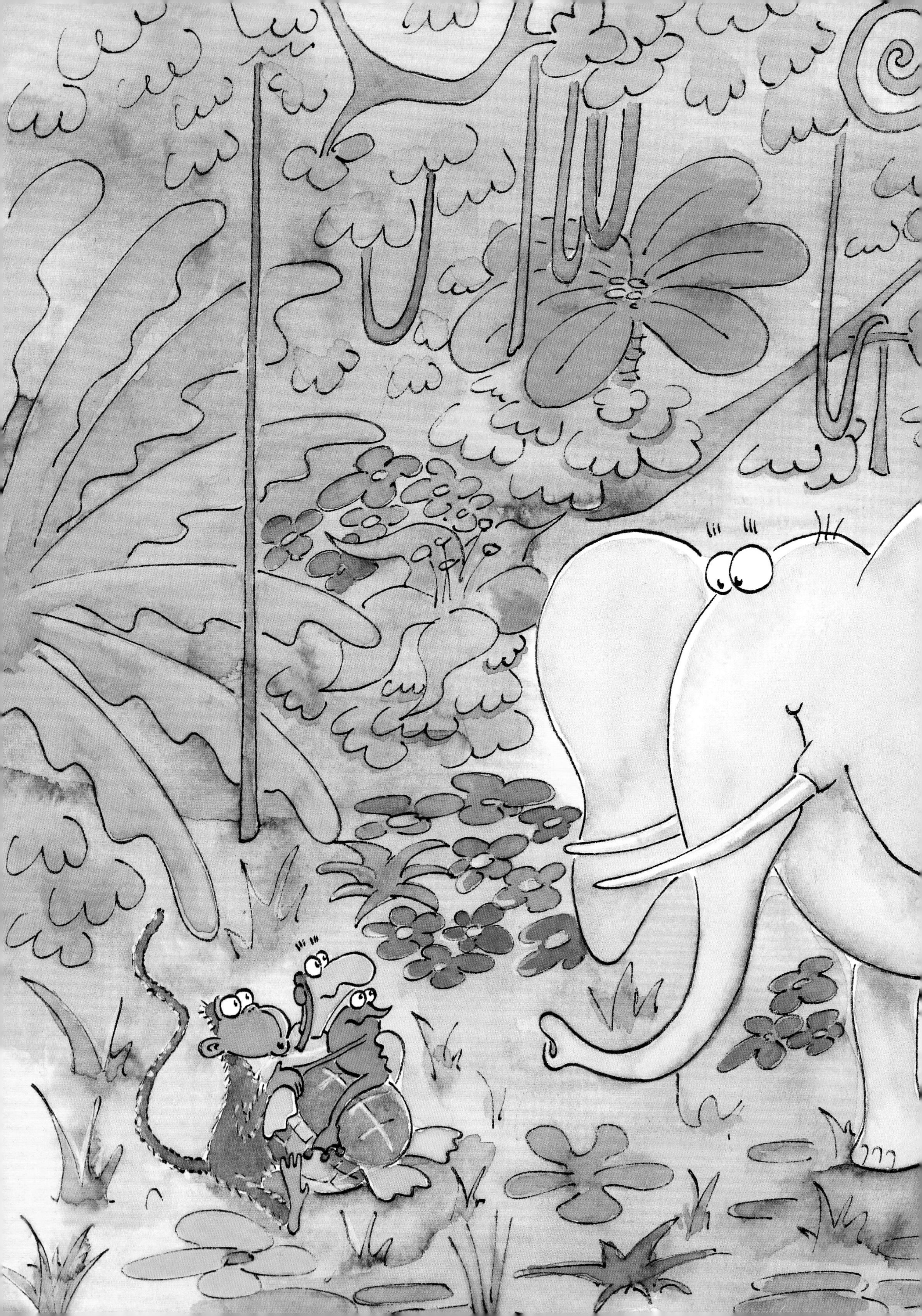

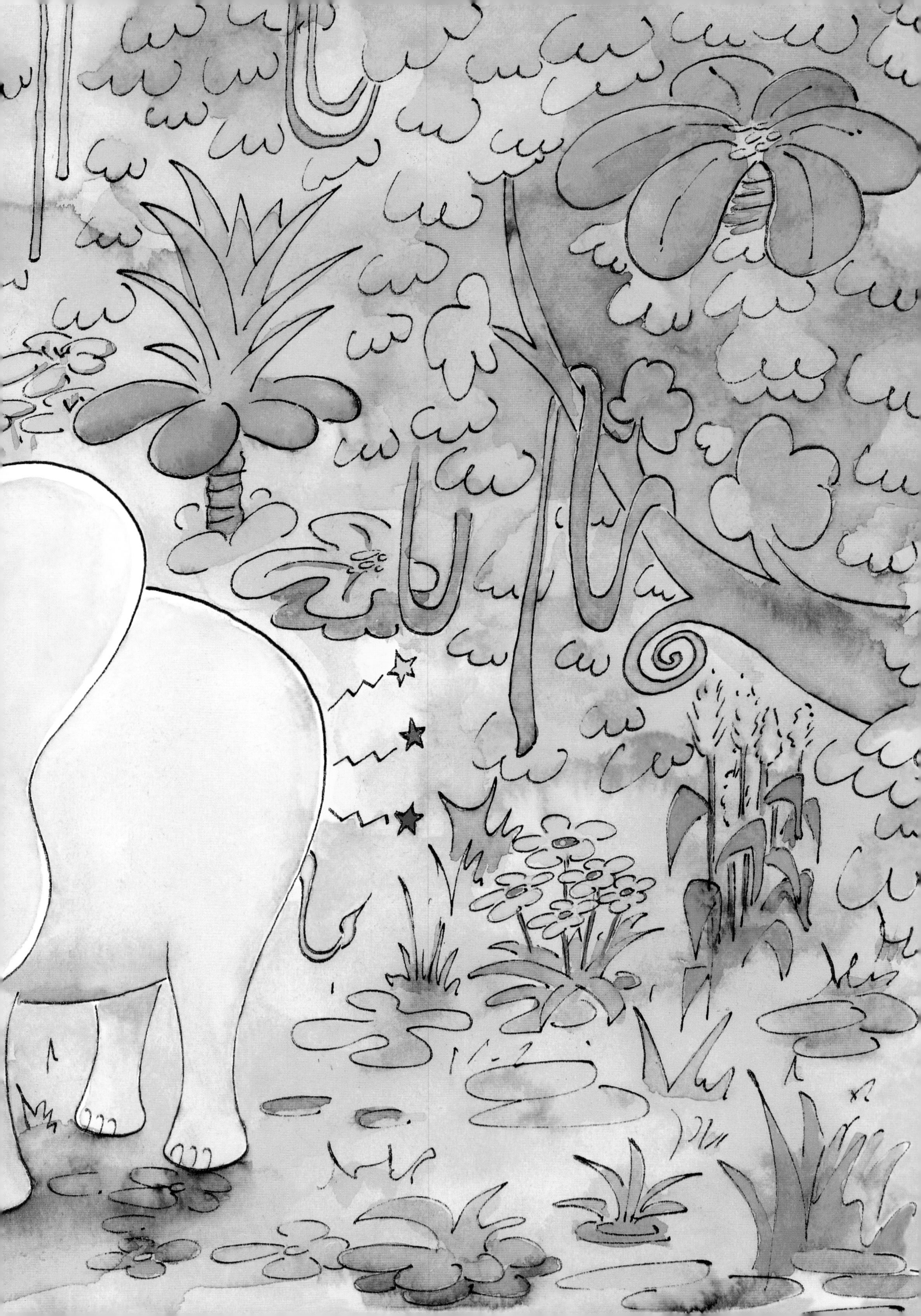

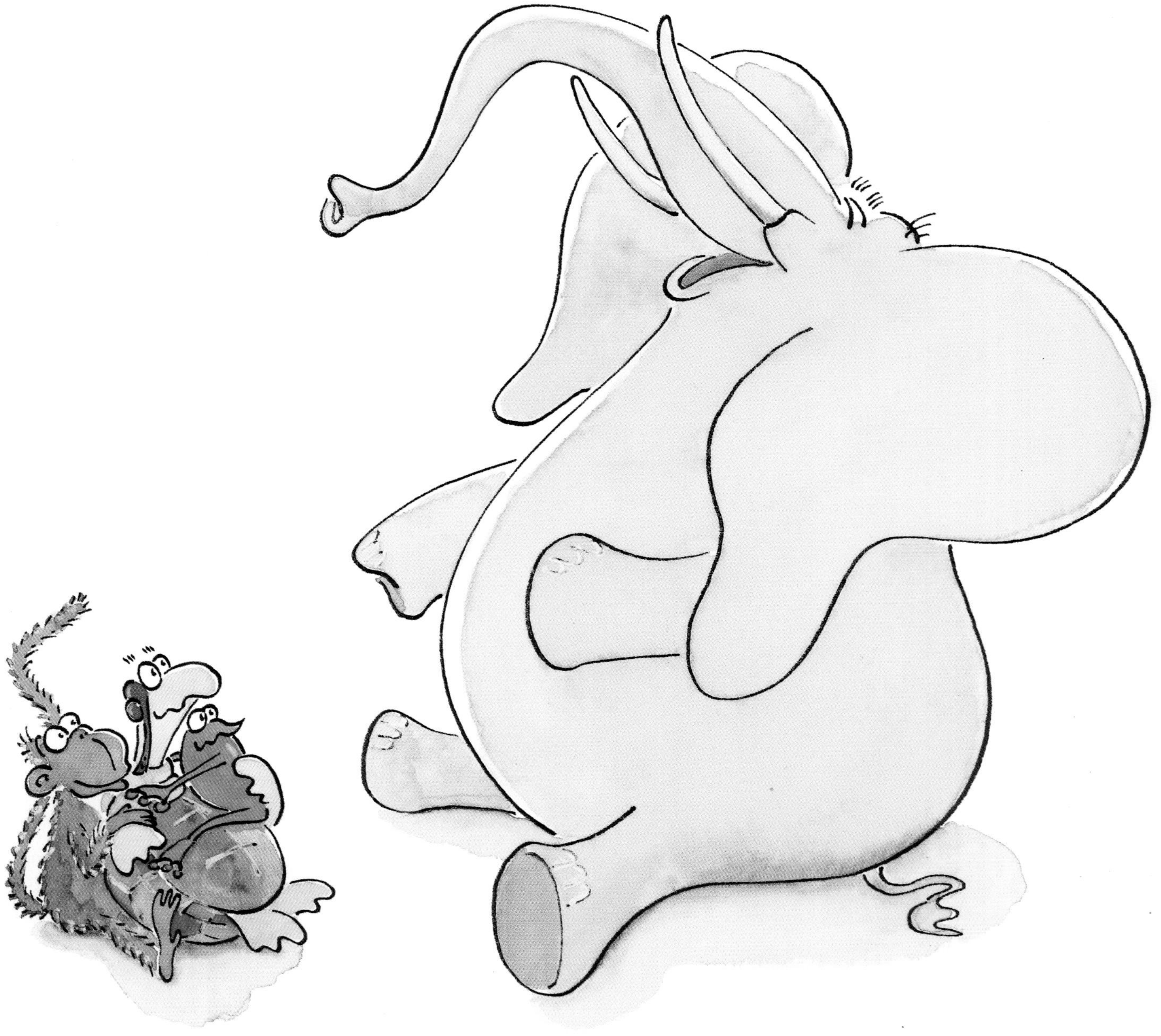

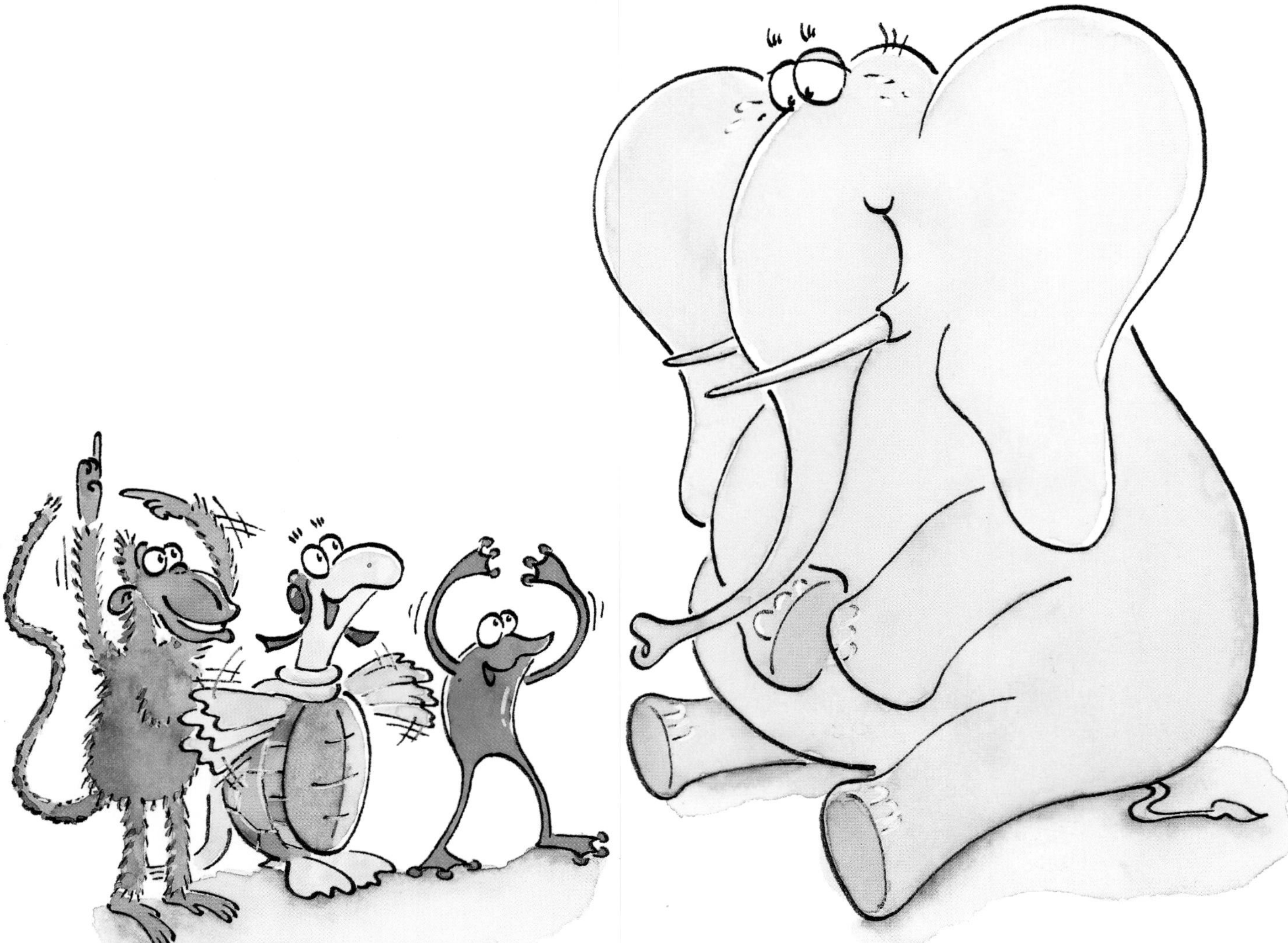

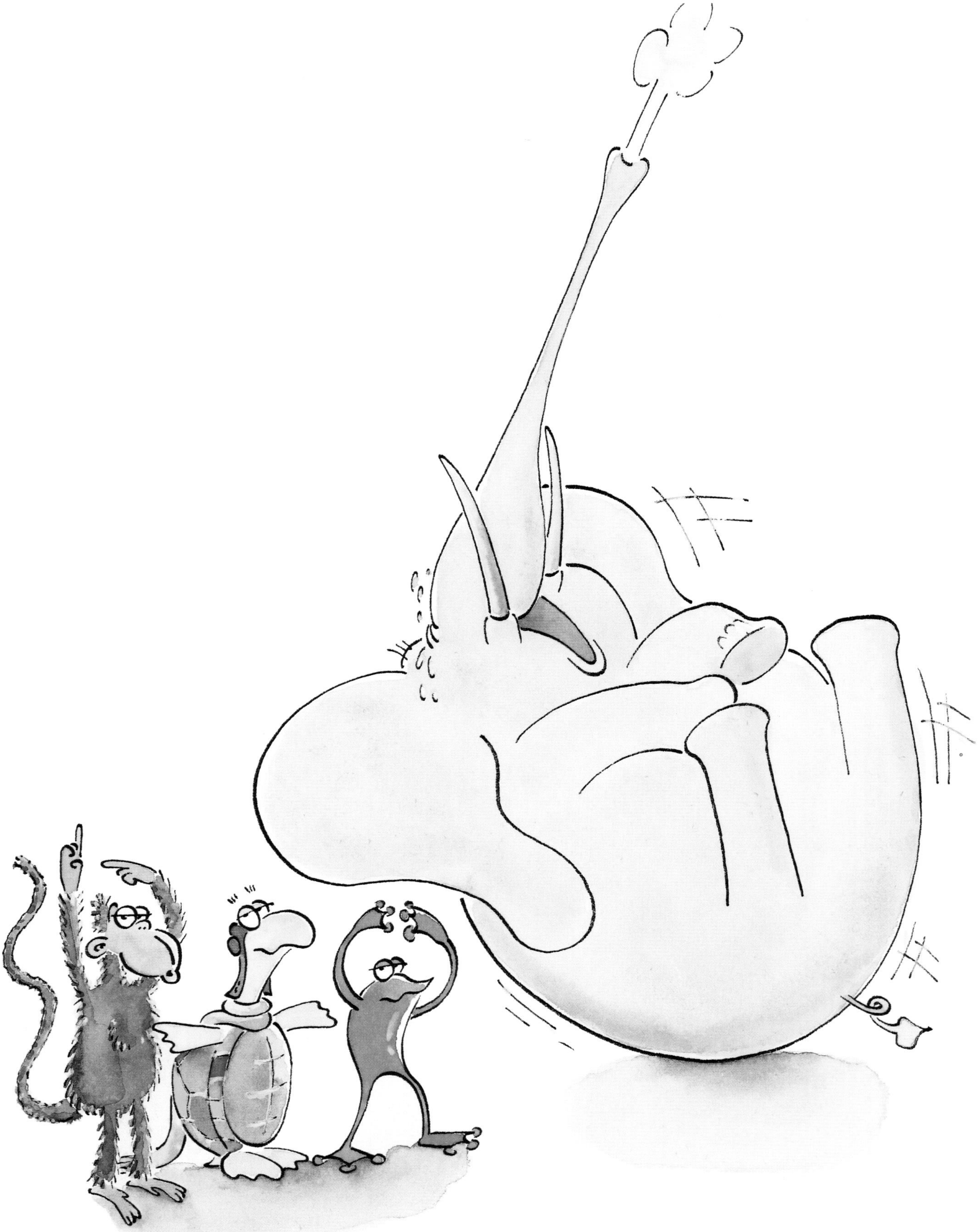

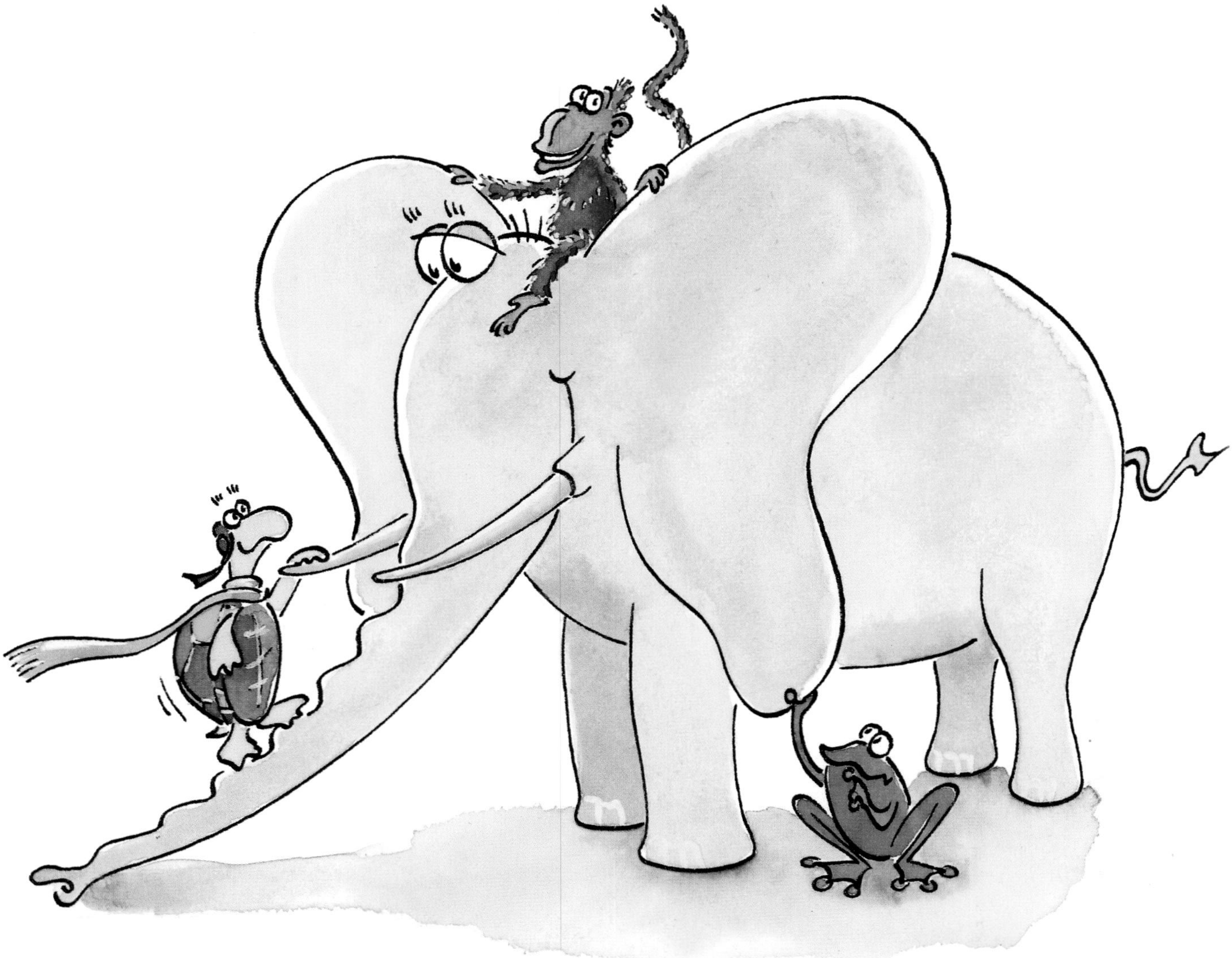

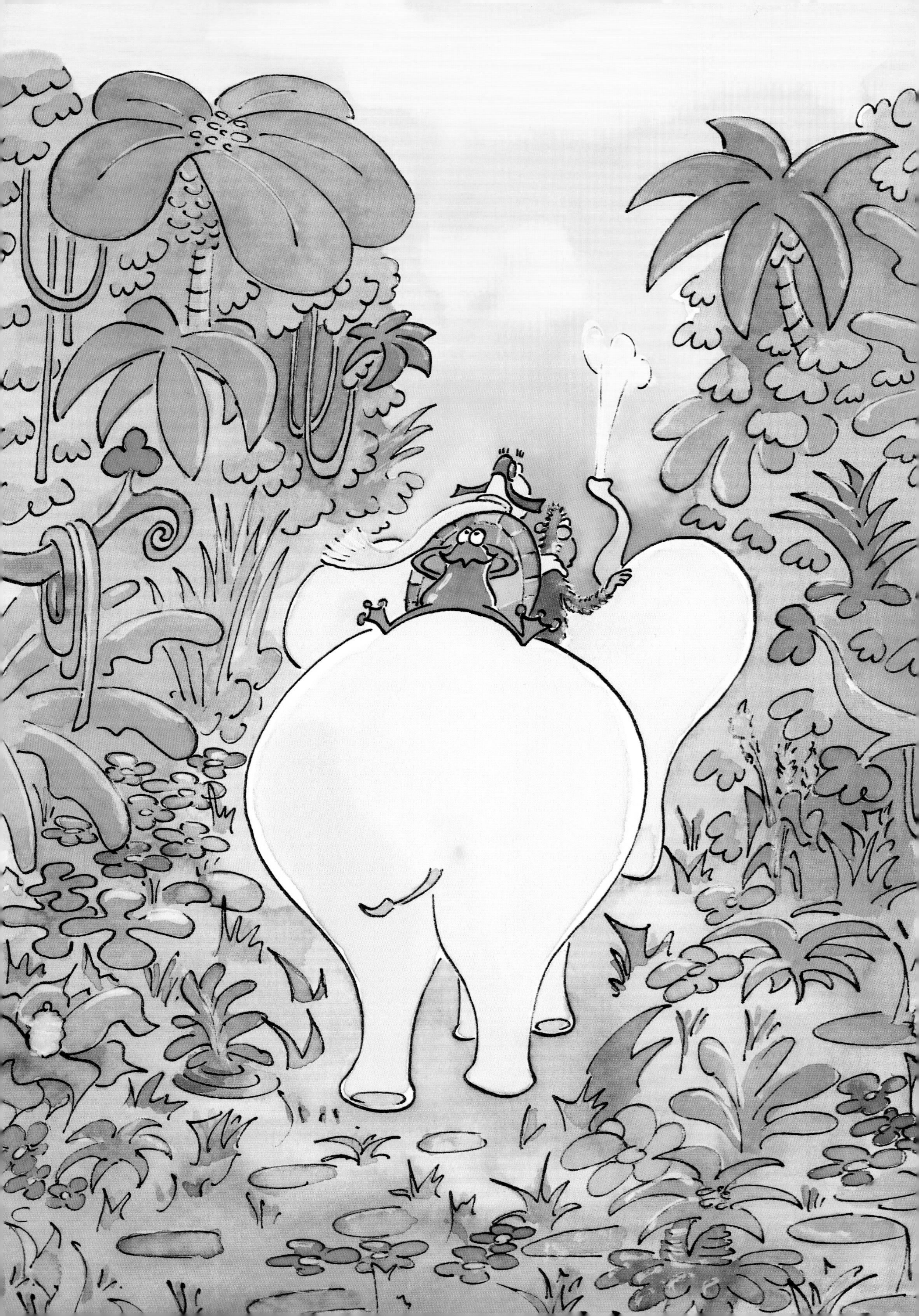